うかんむりのこども

ukanmuri no kodomo

吉田篤弘

新潮社

目次

装幀・イラスト◎クラフト・エヴィング商會［吉田浩美・吉田篤弘］

うかんむりのこども

A

始まり始まり

さて、始めますか、と鏡に自分を映しまして、あらためて、しげしげと眺めてみたところ、どうにもあちらこちら寸法が足りません。目の大きさ、鼻の高さ、ひげの長さ、足の長さといずれも寸足らず。そのうえ知識も足りませんし、おまけに舌足らずときている。なんともお恥ずかしい限りで、こうして幕があがった舞台の上で、もじもじしながら文字の話を始めます。

始まりにあたって、まずは、この「始」という字を観察してみますと、どうやら、女が台に寄り添っています。もしくは、台を手に持っているのか、それとも台に乗ったのか。

いずれにしても、女と台が出会ったときに物事は動き始めるようで、たとえば、男子入るべからずの厨房は女性の舞台、これすなわち台所であります。

思えば、女が台所で腕をふるうから食事が始まり、一日が始まり、生きること、活動すること、つまりは生活が始まります。女が台所で男や子供を思って飯をつくり、しかし、男は高楊枝でふんぞりかえって、心を亡くすことに忙しい。ですが、飯を食わねば何も始まりません。飯を食わなければ心どころか命を落とします。

ときに男は、武士は食わねど高楊枝などと見栄を張りますが、命を落とせば、高楊枝をくわえる口まで落としてしまう。食べなければ、いずれ死ぬのであります。これればかりは絶対に。

よく言われることですが、この世には「絶対」というものが存在しないそうです。存在しないのに、人は「絶対だ」「絶対に」とたびたび口にします。定説では、この世でただひとつ「絶対」と言えるのは、人は誰もがいずれ死ぬということ。どんな剛健な武士であっても、食わねば絶対に命を落とします。

ところがです。

女が台所で飯の支度を始め、子供らが雛鳥のように口を開いて飯を待ち受ける様子を見るにつけ、この世にもうひとつ「絶対」があると発見しました。

それは、人には誰も親があるということ。どんな人にも絶対に死があるように、どんな人にも絶対に両親がいます。言い換えれば、人は誰でも子供なのでありました。これこそ動かし難い「絶対」で、この「絶対」は命を落とすことに比べれば、ずいぶんと気楽なものです。

この世はこれすべて子供。人だけではありません。あらゆる物事は子供です。知恵も勇気も恥も外聞も、それこそ「絶対」という言葉にしても、すべてはどこからか生まれ出てきた子供なのでした。

もちろん、子供の親にもまた親があり、どこまでさかのぼってもきりがなく、おい、待て、そんなこと言っても、何事にも始まりってものがあるだろうよ、と辞書をひもときました。故事来歴の由来の由来までさかのぼり、そうして最後にたどり着いたのが文字です。

人はどうして物事のはじまりを「始」というこのかたちに――女と台が寄り添った記号にしたのでしょう。「始」は「し」と読みますが、始も死も子も「し」と読むのは、さて、偶然なのでしょうか。思わず腕を組みました。

そもそもは、どのようであったのか。

物事の原初は、字を眺めるうちに浮かんできます。その証拠に、「字」という字を眺めれば、そこにやはり子供がいるではありませんか。「うかんむり」という冠を頭にのせて。

ところで、「うかんむり」とは、辞書によれば「屋根」を意味し、生まれた子に屋根の下で名が与えられる、その名が字＝「あざな」です。

人に限らず、生まれ出てきたすべての物事に「字」が与えられ、あざなで呼ばれたものは、すべて、うかんむりのこどもとなりました。

そこで、いまいちど鏡を眺めまして、おのれの寸足らずをごまかすために見栄の冠を頭にのせてみたところ、これがなかなかどうして具合がよろしい。

しかしです。「冠」という字をよくよく御覧ください。この字から、きらびやかなかんむりを外せば、そこに当然のごとく、「元」のとおりの「寸」があらわれるのでした。

そもそもはどのようであったのか、と。

わたくし

自分のことを「私」と称するか、「僕」と称するか、それとも思いきって「俺」と称してみるか。じつに悩むところです。はたして、どれがいちばん自分をあらわしているのでしょう。

あらためて「私」「僕」「俺」と三つの字を点検してみますと、「僕」と「俺」には「人」の姿が見えます。なるほど、「僕」と「俺」には生身の人間くさいところがあり、「僕はさ」「俺はね」と声が立ち上がってきます。

しかし、「私」を使うと、「私はですね」と妙にかしこまり、正座などして、活発に動く生々しさが消えてゆきます。やはり、字の中に「人」の姿が見えないせいでしょうか。

では、「私」の左側に構える「禾」を「人」に差し替えたらどうなるかと思えば、驚いたことに「仏」となりました。合掌。

どうやら「私」は成仏してようやく「人」の姿を身につけるようで、たとえば——、

「あの人はいつもかしこまって、無表情な人だったけれど、亡くなってみると、じつは、優しい人だったんだなぁと思い出します」

というように。

人が現世で送る時間など、たかが知れています。あの世にいってからの時間の方がはるかに長いわけで、考えようによっては、故人となって、初めてしみじみと愛される方がいいのかもしれません。

ただし、そのためには現世において、常にかしこまった「私」を貫き、「人」としての生々しさを徹底的に消さなければなりません。つま

り、いるのかいないのか分からないような振舞いを通さなければならないのです。

「わたくしは」

の自己主張もほどほどに、出来れば「わたくしは」の「わたくし」も消し去り、いわゆる無我の境地で生きるのが最良です。

ところで、「私」という字は、そのむかし、「ム」と記されていたようで、カタカナのムと同じかたちです。ムという音から最初に連想される漢字は「無」でしょうか。「私」と「無」が肩を並べると、どこか哲学的です。

我思う、ゆえに我あり。思わなければ、我は無し。我が先か、思うのが先か。思うと、そこに我があらわれる。では、我無しで思うことは不可能なのか——。

文章の上では、しばしば我を消して思いだけを綴ることがあります。あっさりと「私」を捨て、「僕」も「俺」も「わたし」も「アタシ」も捨てて書く。人称を記さず、主語をいっさい省略して書いてゆく。

新聞の記事がそれです。新聞には私がいません。私なんてものは、いささか暑苦しいところがありますから、不在で結構。むしろ、いない方がせいせいするくらい。

しかし、どこにも私と書いていないのに、読むほどに浮上してくる厄介な私がいます。これが「ム」の正体。消しても消しても、しつこくあらわれる自我＝エゴなるもの。これぞ無我の境地の宿敵です。

それで、此奴を仕留めるべく、冒険の旅に出たところ、「人でなし」の未熟者ですから、さっそく竹林に迷い込んで立ち往生。

しかし、幸い、馬に乗っておりましたので、きっと、馬が行くべき道を示してくれるだろうと期待していたところが、馬もまた迷っている様子。

馬よ、どうした？　と声をかけようとしましたが、声が出ません。これいかに、と不審がるまでもなく、そもそも私を消しているのですから、馬に乗った私の姿は見えません。したがって、声も出ない。でも、確かにそこにいるはずです。私は馬の上にいるはず。「観念せよ」と、とどめの矢を射るべく弓を引きました。

いや、弓を引いているのが私なのか。それとも、矢を向けられたのが私なのか。どちらでしょう。分かりません。私は誰なのでしょう。

そうでした、私には名前がありました。

アツヒロと申します。漢字ですか？　はい。竹林に迷い込んだ馬で「篤」。弓をムに向けて引くで「弘」。篤弘と申します。

どうぞよろしく。

三人寄れば

「あら、春ちゃん」

「いやですよ、春恵さん。春恵さんに、春ちゃんって呼ばれると、なんだかくすぐったくて」

「あら、どうして？」

「春恵さんだって、昔は、春ちゃんって呼ばれてたんでしょう？」

「ちょっと春菜さん、昔ってことはないでしょう。いまだって、ときどき、春ちゃんって呼んでくれる人がいるんですから」

「じゃあ、なおさら、よしてくださいよ。じゃないと、わたしも春恵さんのこと、春ちゃんって呼びますよ」

「あ、それ、いいじゃない。今日から春ちゃんコンビで仲良くやりましょうよ」

　――と、そこへもうひとり。

「あ、春ちゃん、ここにいたんだ」

「ちょっと何よ、春香まで。自分だって、春ちゃんのくせに」

「うん、まぁ、それはそうなんだけどね、春菜はいかにも春ちゃんって感じがするのよ。いいじゃない、可愛らしくて。わたしなんか、たいてい、ハルカって呼び捨てよ」

「そうね、春香さんはハルカって感じ」

「あ、春恵先輩――も、そうか、春ちゃんでしたね、昔は」

「何よ、昔、昔って、みんなして」

「そうよ、ハルカ。春恵さんはいまでも、ときどき、春ちゃんって呼ばれてるんだから」

「そうよ、わたしたちは春ちゃんコンビ――いえ、あらためまして、春ちゃんトリオの誕生です。女が三人寄ると、かしましいって言うでしょう？　まさに、あれよね」

「かしましいってどういう字でしたっけ？」

「たしか、女という字を三つ重ねればいいんじゃないかな？　木を三つ重ねると森になるのと同じで」

「姦しいって、どういう意味でしたっけ」

「まぁ、やかましいってことでしょうね」

「やかましい――はどんな字でしたっけ」

「やかましいは口の隣に宣伝の宣かな」

「宣伝ですか。じゃあ、まさしく、わたしたちの部署の――」

「宣伝部。そうそう、姦しいわたしたちにぴったりってことよね」

「となると、宣伝というのは、喧しいものなんですかね」

「まぁ、うちの商品は、本当にいい商品なんだから、こうして可愛い女の子が三人集まって、口を揃えて宣伝しないと」

「あ、ちょっと待って。もしかして、わたし、いま、すごい発見をしたかも」

「なになに?」

「女じゃなくて、口を三つ重ねると、ほら、商品の品の字にならない?」

「あら、本当だ。どうしてかしら」

「あれじゃない? やっぱり三回くらい言わないと、商品として認めてもらえないってことじゃないかしら」

「要するに、三つ重なるのが大事なのね」

「他にもないかな、三つ重なってる文字」

「ちょっと待って、口が三つ重なるなら、耳なんかどうかしら」

「あ、ある。耳が三つで――」

「そこへ口を付け足しますと」

「囁《ささや》く、か」

「急に喧しさが消えて静かになりました」

「静かすぎて聞こえないくらい」

「そうそう、耳がふたつじゃ足りないのよ。だから、もうひとつ付け足して、三つの耳で聞くのが、囁き」

「なるほどね」

「他にもあるかな」

「あ、水晶の晶の字なんてどうでしょう？」

「ふうん、日が三つもあるんだね。日っていうのは太陽のことですよね？」

「そうじゃないかな？　たぶん、お日様みたいに、きらきら輝いてるってことよね」

「そうか。きらきらも三倍になると、ダイヤモンドみたいに結晶するわけだ」

「いいなぁ、ダイヤモンド——じゃなくて、きらきら輝くって本当に素晴らしい」

「あ、春恵さんはまだ充分、輝いてるじゃないですか」

「ありがとう。まだ充分、っていうのが余計だけどね」

「あ、また発見した。ほら、わたしたちの名前の春っていう字、よく見ると、お日様が隠れているじゃないですか」

「あら、本当。下の方から日が出てる」

「ていうか、いま気がついたんだけど、春という字は、三人のお日様って書くんですね」

「そうか。つまり、わたしたちって――」

「ダイヤモンドなのね」

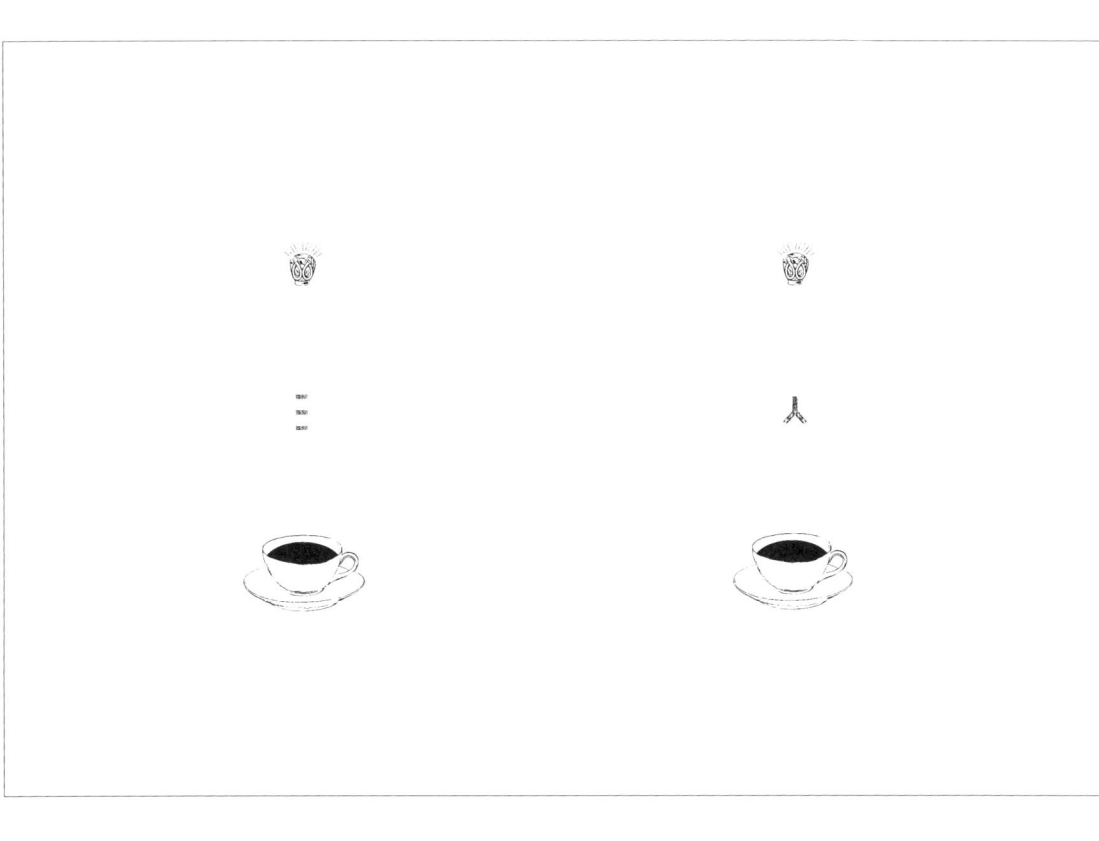

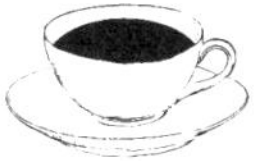

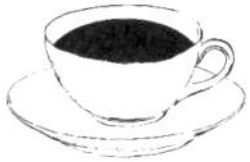

門前にて

ふと、思い立って、門という字の前に立っている。字というのは、その前に立ってつくづく眺めると、なぜ、このようなかたちをしているのかと、つい腕を組んでしまう。

たとえば、鼻である。目や口は分かる。耳もなんとなく分かる。それぞれの形状を簡略化したものだろう。しかし、鼻だけがどうしてこんな複雑なことになってしまったのか。

正体をつきとめるべく、字の前に立ってみた。「鼻」を障子一枚ほどに拡大し、腕を組んでじっくり眺めたところ、真ん中あたりにふたつの鼻の穴がある。そこから御丁寧にも鼻毛が生えている。いやはや、そこは省略すべきではなかったかと問い詰めたいが、字の神様にもいろいろと事情がおありだったのだろう。

いや、鼻はまだいい。鼻より花に問題がある。薔薇という字である。

事情を理解すべく、しっかり薔薇の花束を購入し、現物と見比べながら薔薇の二文字の前に立ってみたところ——痛いっ。

手に薔薇の棘が刺さる。痛いっ、また刺さった。痛いっ。

なるほどたしかにこのおそるべき植物は、容易に掌中には収まらない近寄り難いものとしなければ——にしても複雑な字である。

それに引き換え、門という字の、なんとすがすがしいことよ。何ら複雑な事情もなく、見てのとおり、そのまま「門」であって、それ以外の何ものでもない。

いま、目の前にある「門」の字は、高さおよそ五メートル。見上げるような大きな門である。さぁどうぞ、とばかりに門戸が開かれている。それにしても、この開き具合はどうだろう。こんなに無防備な字が他にあるだろうか。

たとえば、「口」という字も、かなりオープンであるが、「口」は天地左右を四本の線で結び、開いているように見えて、じつは閉じている。○と同じ。どこにもほつれがない。しっかりと線で結ばれている。

しかし「門」は違う。じつに風通しがいい。あらゆる事物が、その門をくぐって向こう側へ抜けて行ける。不思議なもので、そこに門がなければ「向こう側」のことなど思いもよらない。しかし、ひとたびそこに門が立てられると、それだけでもう「こちら」と「あちら」が生じる。門の前に立つ自分は「こちら」に居て、門の向こうは「あちら」ということになってくる。

では、あちらには何があるのか。あちらへ行ってみたい。門の前に立つと、誰もがそうしたくなる。しかし、もしかすると落とし穴があるかもしれない。というか、この門をひとつの穴と見れば、この門そのものが大きな落とし穴なのかもしれない。

でも、行きたい。門の前で心が揺らぐ。するとそこに「悶」という字が生まれ出る。門の前で悶々《もんもん》として悩み、「どうしよう?」と口を開けば、そこに「問」という字が生まれ出る。

そうして、門に質問し、答えがないものかと耳を澄まして待っていると、そこに「聞」という字が生まれ出る。さらには、答えを待って聞き耳を立てていると、かさこそ、と妙な音がして、音のするあたりを覗いてみれば、門の中は「闇」に包まれている。

そうか、門の向こうは闇なのか。こちらにはまだ日が射しているが、門に射す日の光を日がな一日眺めていると、あっという間に時が流れてゆく。なるほど、門はあちらとこちら、光と闇の「間」にあるのだった。

さて――と、結局、腕を組んだ。門をくぐるべきか、それともこうして門の前で悶々としていればよいのか。悩んだ挙句、門をくぐって、あちらへ行ってしまったものは多々ある。その数は、ゆうに数百を数える。

閉、開、関、閏、閣、閕、閖、閗、閘、閙、閚、閛、閜、閝、閞、閟、閠、閡――等々。

意外なものが、門をくぐって門下の字に化けている。

さて、どうするか。

いや、悩むことはない。

人は素直に門をくぐれば、きっといいアイディアが「閃《ひらめ》」くはずである。

文字を買う

ひさしぶりに、文字でも買おうかと思い立って、銀座に出た。このごろどうも仕事がはかどらない。これといって体が不調なわけではなく、ただ、なんとなく能率が悪い。自信を失ったからでないかと思われる。はかどらないことが、さらに自信を喪失させ、どこまでも悪循環がつづいてゆく。こういうときは、文字を買って、失ったものを取り戻すのが得策だ。

〈もんじや〉は銀座九丁目にある老舗で、小さな目立たない店だが、昔ながらの凜としたたたずまいが好ましい。特に、文字が入用でなくても、銀座に出た折に立ち寄って、そのときそのときの気になる文字をもとめる。

店内には大小さまざまな文字が陳列され、客の多くは漢字一文字の「ひともんじ」か、二文字の「ふたもんじ」が目当てである。

このあいだ買ったのは、「晴」というひともんじ。その日届いたばかりの書きたてで、どこのどなたがお書きになったか知らないが、味わいある大変にいい字だった。

文字買いの楽しみのひとつは、顔も名もわからない無名の書き手との邂逅《かいこう》にある。文字は老若男女問わず、誰でも提供でき、言い方を変えれば、〈もんじや〉に並ぶ文字はいずれも無名の書き手によって提供されたものである。誰でもその気になれば、文字を売ることができる。ただし、評価は一律で、店が規定した買い値は大きな飴玉ひとつぶんくらいとされている。

が、〈もんじや〉の意義は決して売買ではない。どちらかというと交換に近い。おみくじを引く感覚にも似て、そのうえ、このおみくじにはアタリハズレがない。買い手自身が結果を選ぶ。店に並ぶ文字の中から、現在の自分に呼応する文字――なんとなく気になる字を選ぶ。そして、それがそのまま結果となる。

〈もんじや〉を訪ねるときは、見失ったものを取り戻したい気分のときと、自分のいまの心持ちをあぶり出すときの二通りある。どちらかというと、後者の方が多い。なにしろ、心持ちはレントゲンに写らない。たとえば、解決し難い問題にぶつかったとき、単に解決策を探すのではなく、解決に向けた自分の心持ちを安定させるために字を選ぶ。いま、自分が何を必要としているのか、何が足りていないのか、選び取る字をもとに推し量る。

あるいは、目に見えて大きな問題などなくても、「どことなくおかしい」「ねじが一本ゆるんでいる」というときに字を選ぶ。

するると、自分の選ぶ字が意外なものであったりする。「晴」などは、ああそうか、そうだろう、と理解できるが、その前に選んだのは「猿」だった。「旋風」の二文字を選んだこともある。「外套」の二文字に詩を読んだような思いになったこともある。

今回はそうした心持ちを推し量るためではなく、失いかけているものを取り戻すべく訪れたが、ひさしぶりに店にはいって、すぐに、おや、と思った。陳列された字に偏りがある。

「望」「明」「再」「平」といった字が、いずれも複数枚あった。店主に訊いてみると、これは文字をもとめる客の傾向に応えたものではなく、文字を提供する側——書き手の思いが自ずとそういった字に集約された結果であるらしい。非常にめずらしいことで、

「ずいぶん長いことやってきましたが、こんなことは初めてです」

そうおっしゃる。不思議なもので、誰が規制したわけでもないのに、この何十年間、書く方も選ぶ方も、自然と文字が多種多様にわたっていた。

さて、どうしたものか、と「安」や「希」や「日常」や「平穏」といった字を眺めるうち、ここでこうして字を選んでいるのもいいけれど、よし、滞っていた仕事を前へ進めようと、へそのあたりに力が漲ってきた。その力を文字から得たのはあきらかである。

字の向こうには必ず人がいる。

自分が見失っていたのは、どうやらそんな当たり前のことであった。

こころ

地震はこわい。この「こわい」という字を漢字で書くとき、「恐い」と書くときもあれば、「怖い」と書くときもある。

ふたつを重ねると「恐怖」になる。そして、よくよく見ると、どちらの文字にも「心」がある。文字を書くときに、「心」のことなど意識していなかったが、「心」という字はさまざまなところに潜んでいて——と、こう書くあいだにも、意識していなかった「意」の中に「心」がある。なんと、思いがけないところに——と書けば「思い」にも「心」がある。

書きながら驚愕し、あらためて慎重に文字を観察してみたところ、驚愕の「愕」にも、慎重の「慎」にも「心」が隠れている。

なんとなく愉快になってきた。

すると、「愉」にも「快」にも「心」があり、いままでまったく気づかなかったが、こんなにも「心」の恩恵にあずかっているのかと感心するそばから、「恩恵」「感心」と「心」だらけである。

いったい、どういうことなのかと困惑していたら、「惑」にも「心」が隠れ、いや待て、なんと「隠」にも「心」が「忍」んでいた。

これはもう只事ではない。戦「慄」を覚え、動「悸」が激しくなり、さて、何の動「悸」であるかと考えたが、これはもちろん「心」臓の動「悸」に違いない。

「心」という字は、心臓のかたちからつくられているという。言われてみればそう見えないこともないが、だからと言って、心臓イコール

「心」と考えていいものか。左胸で暴れる動「悸」から察するに、心臓はどうやら胸の中にあるようだと定められるが、「心」ははたしてどこにあるのか。

いずれにしても、「こわい」ときは、「心」臓がドキドキする。地震に「怯」えて動「悸」が激しくなり、「隠」れていた「心」が、何度もあらわれる。「心」は至るところに潜んでいる。その存在は、どことなく「懐」かしくもある。我々は「忙」しさにかまけて、「心」を「忘」れ、知らず知らずのうちに「心」を大量に消費してきた。「心」に対して何の配「慮」もなく、「怠惰」に、「悠」長に、のほほんとした「態」度で「惚」けてきた。「悩」ましい話だ。「心」は常に言葉に「忠」義を尽くして支えてきたのに、我々はといえば、「心」の「心意」気を汲まず、おのれの「悦」楽に溺れ、「心」の素晴らしさを記「憶」に留めてこなかった。

申し訳ないことである。自分が「情」けない。「悔恨」の「念」に、「思」わずため「息」が出る。「悶」々としてしまう。なんとも「悲」しいことである。

我々は間違っていた。我々は「忙」しさに追われて「慌」ただしい日々を送り、「憩」う間もなく「心」を「患」い、いくつもの大きな見落としをしていた。

我々は「心」を見落としていた。

この機に「悔」い改める「必」要がある。これまで「愚」かに「恥」をさらしてきたことを「認」め、進んで「懲」罰を受けるべきではないか。いまこそ、この「悪」しき「怠惰」な習「慣」を断ち切る「必」要がある。

これからは、「心」を「想」い、「心」を「慈」しむことを「志」し、「慢心」を捨てて、

「悟」るのが「急」務である。

そうすれば、我々はきっと「こわい」という「感情」に、対「応」できるようになる。

いや、「恐怖」だけではなく、「憎悪」や、「悲愴」や「憤怒」や、「怨念」や、「恨」み、倦「怠」、「憂愁」といったもの、さらには、無「惨」なもの、「怪」しげなもの、「忌」まわしいものなど、すべてに対処できるようになるだろう。

もう一度——。

はたして「心」はどこにあるのか。「心」など本当はどこにもないのではないかと「懸念」されていたが、御覧のとおり、こんな短い文章の中にも、「心」は溢れかえっている。

そういえば、人は「こわい」とき以外にも胸が高鳴ることがあった。人に「憧」れ、人を「愛」し、「恋」に落ちたときにも——。

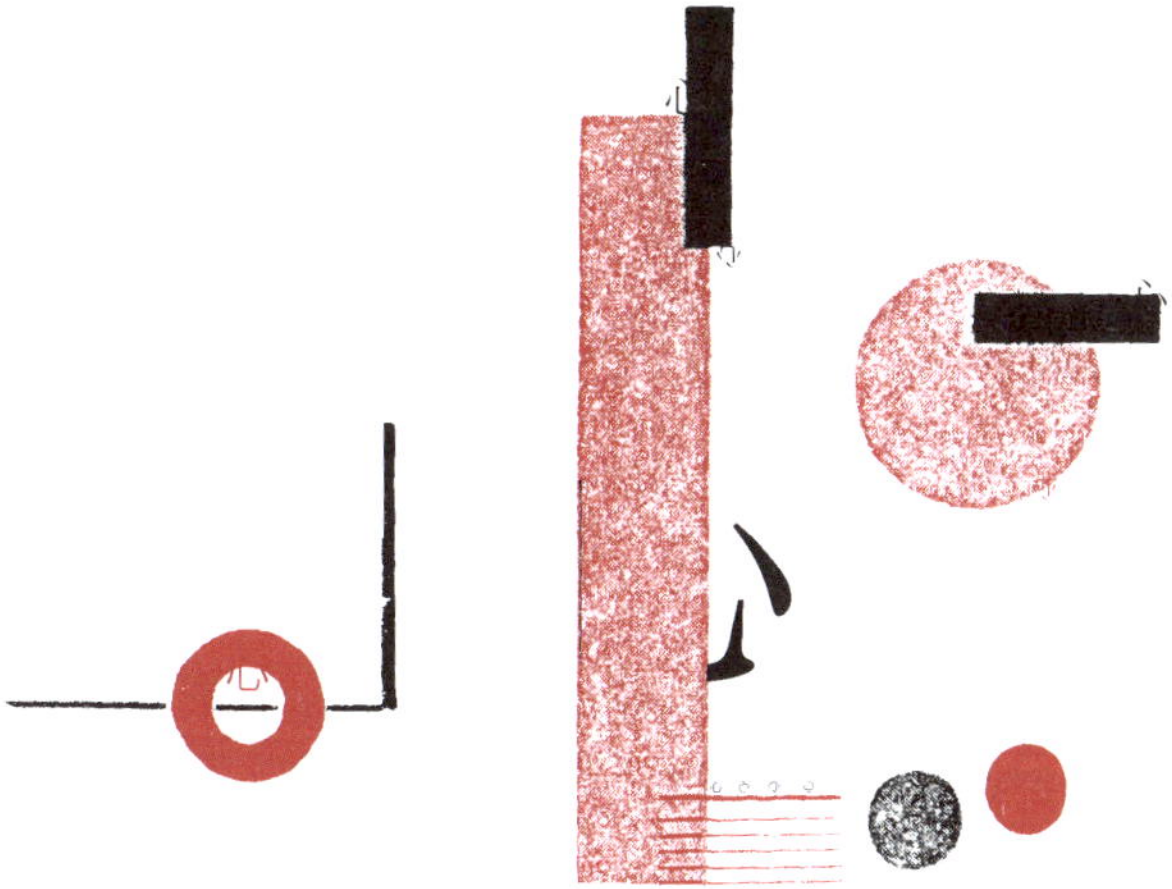

読み間違い

「おお、奈々ちゃん」

「ひさしぶりですね、おじさん」

「元気だったかな？　ちょいと見ないうちに、ずいぶん大きくなっちゃって」

「え？　そんなことないですよ。むしろ、小さくなってるんです、体じゃなくて気持ちが」

「そうなの？　何か悩みでも？」

「悩みってほどじゃないんですけど、じつは、わたしの名前のことで――」

「え？　ああ、うん。奈々、ね」

「母に訊いたら、奈々っていう名前は、おじさんが決めてくださったとか」

「そうそう。そろそろ、奈々ちゃんが産まれるってときに、お宅へ電話したら、お母さんがまだ決めてないんだけどどうしようって、相談されて困っちゃったよ」

「あ、やっぱり困ったんですね」

「え？」

「どうして、奈々になったのか知りたくて」

「ああ、うん、そうねぇ。それはさ、ええとね……あれだよ、うーん……と」

「はっきり言ってください。わたし、平気ですから。ずばり、おじさんの昔の恋人の名前なんでしょう？」

「まさか、とんでもない」

「じゃあ、どうして、口ごもるんです？」

「まぁ、じつはね、おじさんはそのころ歴史に興味があってさ。日本の歴史ね。信長とか秀吉とか――」

「信長？」

「まぁ、うちの名字は織田だからさ、一応、勉強しておいた方がいいだろう？」

「いいだろう、って言われても、うちの母は織田から浅井に嫁いだんで、わたしはもう――」

「うん、それがまた妙な偶然でさ、信長の姪で秀吉の側室になった淀君って知ってる？」

「知ってますよ、もちろん。茶々でしょ」

「正確に言うと、浅井茶々。いい名前だよね。もうこれしかないと思って、紙に書いてお母さんにFAXで送ったんだよ。もし、女の子だったらこれにしなさいって」

「そうなんですか」

「だけど、僕の字がうまくなかったのかな。お母さんは茶々を奈々と読み間違いして、とってもいいって、それで決まったわけ」

「間違えたんだ」

「そう。だから、おじさんは奈々ちゃんの名付け親なのかどうか微妙なところでね、まぁ、この場合、お母さんが付けた、と考えた方がいいのかな。なんにしても、浅井奈々はすごくいい名前だと思うけど」

「ええ、わたしもとても気に入っています」

「そうなの？　じゃあ、何をそんなに深刻な顔をしているわけ」

「名付け親のおじさんならきっと知ってると思ったんだけど——」

「何を？」

「奈々の奈はいいんですよ」

「奈良の奈だよね」

「でも、その次の『々』って、これ何て読むんですか」

「え？　何て読むって——それは、あれだろ、ええとね、この場合は『な』じゃないの？」

「でも、茶々の『々』は『ちゃ』でしょ。

『日々』だったら『び』だし、『時々』だったら『どき』ですよね。それってどういうことなんです？　『々』って単独では何と読むんですか。おじさんが付けてくださったんですから、教えてくださいよ。眠れないんです、わたし」

「そのことで？」

「というか、じつはわたし、近々、結婚するんです」

「え？　本当に？　それはまた、おめでとう」

「うん。でもね、ふたつになっちゃうんです」

「ふたつになっちゃう？」

「佐々木さんなんですよ、お相手が。そしたら、わたし『々』がふたつになっちゃうでしょう？　ひとつだけならまだしも――」

「いやぁ、めでたいめでたい。よし、子供が生まれたら、またおじさんが名前を付けてあげよう。そうだな、小次郎なんてどうだ？」

偉い

「おや、大さん、どうしました？」

「どうしました、はないだろう。今日は日本でいちばん偉い漢字を決めるっていうから、それなら俺に決まってるだろうって、来たんじゃないか。そっちこそ――」

「いや、僕は王ですからね。申し訳ないけど、僕がいちばんでしょう」

「ちょっと待った」

「あ、殿さんだ」

「あのね、君たち。よく聞きなさい。この国では王様とか大王なんてものには親しみがない。何と言っても天下一は殿である」

「いや、天下一はそうかも知れないが――」

「あ、神さんがあらわれた」

「天の上までひっくるめたら、神を超えるものはなかろう。文句なしで私がいちばんだ」

「それはどうだろう」

「お？　これまた、いかにも偉そうな立ち居振る舞いだが、お前さんは誰だい？」

「私は様である」

「様？　とはまた何様だ」

「神様、王様、殿様の様だ。よいか？　君らは、私がいなかったらぐっと格が下がる。仏様、お客様、お父様、何でもそう。本当に偉いのは私なのだ」

「うわ、しまった、出遅れちゃったなぁ」

「そう言うあなたは誰ですか」

「父ですよ」

「ああ、父ですか。父が偉い時代は、どうやらとっくに終わったようです」

「じゃあ、ボクはどうだろう」

「お？　なんだか生意気な野郎が出てきたぞ。誰だい、お前さんは」

「子ですよ。子はいつの時代でも宝じゃないですか」

「いや、ちょっと待った」

「ん？　今度は誰だ？」

「愛ですよ。皆さん、僕は皆さんの話を聞いて残念に思います。神だの王だの殿だのと、うわべだけで偉さを競っているだけではないですか。いいですか、本当に大事なのは愛です。父が偉いか子供が偉いかではなく、そこにまず愛があるかどうかなんです」

「精神論か」

「愛は目に見えないからなぁ。見えないから、どこまでも大きく偉くなれる」

「それはどうだろう」

「おやおや、また現れましたよ。さぁて、愛より偉い奴なんているのかしら」

「ずばり、金です。いえ、皆さんのおっしゃりたいことは分かってます。愛は金で買えない、でしょう？　それはそうかもしれません。では、お訊きしますが、愛で金が買えますか」

「なら、いっそ、悪はどうだね？」

「あ、いかにも悪そうなのが出てきたぞ。たしかにねぇ、現実的には、悪に頭が上がらなかったりするんだよなぁ」

「不思議なもんだよね。悪が偉くなるのか、それとも、偉くなると、しまっておいた悪が顔を出すのか」

「てことは何かい？　そもそも、偉いってことに問題があるわけか」

「いや、そんなことはないけど、悪と背中合わせの偉いは、しょせん本物じゃないから。偉い人はちゃんといますよ。目立たないけどね」

「そうそう、まずもって、目立たないこと、出しゃばらないことが偉いの。それが本物だな。無欲になること、無心になること――」

「となると、いちばん偉いのは無ってことか」

「また精神論だ」

「いや、すべては命あってのものです。命がなかったら、我々はこうして議論することもできません」

「なるほど、命か。それで決まりだな」

「いや待った。命がイキイキするためには幸福が必要ではないでしょうか」

「なるほど、結論は福か」

「福はなかなか来ないけどね」

「おっと、ようやく俺の出番が来たかな」

「誰だい、お前さん？」

「笑だよ。笑うカドには――」

午後四時

ただいま、午後四時の銀座に来ております。

少々、喉が渇いておりまして、ビールなんぞを所望したいわけですが、いかがなものでしょう？　まだちょっと早いでしょうか。

この四時という時間が、どうにも半端でして、とうにランチ・タイムは終わり、飲食店は軒並み、中休みをしております。

どうやら、この四時という時間の落ち着きのなさは、「四」という文字からして問題なようで。たとえば、一という文字はまさに棒が一本で「一」。「二」もしかり。「三」も見てのとおり。しかし「四」は、さて、どうしてこうなったのでしょう。次の「五」は棒が五本で理にかなっています。「四」だけが、なにゆえこんなことに？

　ついでに、一は壱と書き、二は弐、三は参、五は伍です。では、四はなんでしょう？

　これも、即答はなかなか難しい。

　答えは「肆」です。もうひとつポピュラーではありません。「肆」という文字に馴染みがなく、この字は「し」の他に何と読むのかと勉強しましたら、「ほしいまま」と読むそうです。ほしいままの漢字は「恣」であると思っていましたが、なるほど「恣」は「恣意《しい》」の「し」でありました。

　では、ほしいままに、酒肆にて乾杯！

と、いきたいところですが、まだ「四」の謎が解けていません。

　で、いましばらく勉強してみますと、どうやら、大昔の「し」は「二」をふたつ重ねて書いたようで、「三」の上にもう一本短い横棒がありました。しかし、これはどうも「三」と見分けがつかない。それならば、ということで現在の「四」になったという説があります。

しかし、棒が四本なら「口」でよかったはず。どうして、口の中に、この八の字のような、鼻毛のようなものを付け足したんでしょう？

なんとも不可解ですが、不可解のついでに付け加えますと、四の「し」は「死」に通じるため、古来より、忌み数などと呼ばれて疎んじられていました。

どうもツイてないですな。字としても不可解なうえに、響きまで問題視されて、それで「し」は「ひい、ふう、みい、よ」の「よん」を転用することになり、これなら「よい」にも似ているし、大変結構ということになりました。

ですが、そうはいっても「四月」は「しが

つ」であって、「よんがつ」とは申しません。

ところがです。

「しーっ」と、口の前に人差し指を立てて静粛をうながすとき、その響きが、いかにも身を引き締めてくれるようではないですか。「あーっ」でも「きーっ」でも「はーっ」でもなく、場をしずめるのは、やはり「しーっ」です。

これはもう理屈ではありません。人が発する響きの中で、「し」の音は他の音を発するとき と、あきらかに違っています。「し」と発声するときだけ、口の中の舌や歯の位置が微妙なことになっています。

たしかに「死」は忌むものかもしれません。が、その前に、厳粛なものでしょう。人にとって、決して忘れてはならないものです。

だから、「しーっ」とやれば、誰もが反射的に「しん」と静まり返り、静寂も粛々も静めや鎮めも、「し」の音の響きが要《かなめ》になっているように思われます。

そう思って、いまいちど「四」の字を眺めてみますと、ふうむ、この鼻毛のようなものは、もしかして「死」の字の下半身ではなかろうか。「し」の発音の際に、口の中が複雑なことになるさまが「四」であり、そこには厳粛なるものが顔（ではなく足？）を覗かせている——というのは、勝手な解釈。

そろそろ陽が傾いてきて、四時は五時になり、四に棒が一本付け足されて陽は「四」から「西」へ消えました。いよいよ喉が渇いてきて、さて、六時ともなれば水分の補給が必須。ここはひとつヤキトリ屋に参りましょう。「西」に棒を一本足すと「酉《とり》」となり、さぁ御覧なさい、そこへ水分を補給すれば「酒」です。

銀座の午後六時に、いざ乾杯！

九
四
六

ひざまずく人

アルファベットの「o」と「r」と「z」。これを、いずれも小文字を使って左から右へ書き並べます。

orz

という具合に、文字間を縮めて並べますと、「人が頭を垂れ、両手をついてひざまずいている姿」に見えてきます。称して「失意体前屈」。失意のあまり、ひざおれてうなだれた姿かたちです。しかし、なぜ「o」と「r」と「z」なのでしょう?

携帯電話のメールなどに使われる顔文字もそうですが、このようにコンピュータ上の文字や記号を使って表現される図像——アスキー・アートと呼ばれています——の成り立ちが、まったくそのまま漢字の成り立ちに似ており、ときに興味深いものがあります。

漢字の多くは、言ってみれば、アスキー・アートです。たとえば「失意体前屈」における「o」の部分、これはうなだれた「頭」に当たるわけですが、「頭」という漢字の右側にある「頁」は「おおがい」と呼ばれ、これがまさしく「失意体前屈」そのものです。「ひざまずいた人を横から見たさま」が元になっていて、「頁」の下の方にあるハの字型が足、「貝」の上に乗っているのが頭でしょうか。現在の整理された漢字からはほとんど「失意」は感じられませんが、元来は「貝」の字の部分が「見」という字に近く、なるほどこの足のかたち——「儿」は、たしかにひざまずいて見えます。

しかし、「見る」ときに、いちいちひざまずくのか、と字典をひもといてみますと、「儿」は足ではなく、それだけで人を横から見た様子を表しているようです。「儿」は「じん」あるいは「にん」と読み、つまり「人」です。

では、「人」という字についてさらにひもとけば、字典に数種類掲載された「人」の古代文字は、いずれも傾いており――おや、傾くという字には「頁」という字が含まれているぞ、と感心しながら気づいたのは、「人」という字はこうして活字になるとシンメトリーに整えられているものの、手書きで書くときは、およそアンバランスです。まずは「ノ」の字を書いて、これを支えるように、もう一本が付け加えられます。

「等しく支え合っているのが人という字である」という俗説をよく聞きますが、とんでもあるりません。にんべん＝「イ」を書いてみれば分かるとおり、実際は右が左を支えています。

　この様子は、たとえば二人の人間がいて、右の人が左の人を支えていると見るより、一人の人間の中に「右」と「左」があり、左右のバランスが均等になっているときはいいけれど、ちょっとしたことで、その均等が崩れてしまう。人の左胸には人体の要の心臓がありますから、左を守るために右が犠牲となって踏ん張っている——そんなふうに見えます。

　そう認識した上で字典の象形文字を眺めなおしてみますと、そのやや傾いた人の姿は、「失意体前屈」に限りなく近く、なんのことはありません、「人」というのは、ただそこにいるだけでorzなのでした。

　ただし、この様子を単純に「失意」と決めてかかるものでもなく、身を屈め、身を縮めた敬處なさまと見るのが由緒正しき字典の解釈です。人智を超越した大いなるものを前にして、人は失意と絶望に一旦はうなだれます。が、その姿勢がそのまま祈りの姿になりました。

大いなるものに圧倒され、人は身も心もバランスを失って「おお……」と呻き、しかしバランスを失って初めて、「おお！」と感嘆しながら天に祈りを捧げたのです。

「o」と「r」と「z」。人の失意体前屈姿勢をあらわすために、なぜこの三つのアルファベットが選ばれたのか、これで解明されました。

「o」は、「おお」という人の呻きにして感嘆。「r」はバランスを失った人がその胸中にて左=レフトを支える右=ライトのr。

そして「z」は、ただそこにいるだけで常に不安定に傾いてしまう人=じん、z・i nの「z」なのでした。

（仮）

　こうして文章を書くときに、かならず付いてまわるもののひとつにタイトルがあります。しかし、これがなかなか厄介で、いくら考えても決まらず、そういうときは、とりあえず、適当な仮題をつけて進行します。たとえば、『うかんむりのこども（仮）』という具合に。

（仮）。これ、とても便利です。

　同じく、（笑）というのも、よく使われますが、いずれも末尾に付け加えるのが基本で、まぁ要するに、断言を回避しているわけです。

「もう、二度としません（笑）」

　たった一文字の追加ですが、印象はがらりと変わり、およそ、これほど効果的な一文字はないでしょう。

メールのやりとりなどでは、ここから派生した（怒）や（悲）なども散見されますが、こうして末尾にわずか一文字を付け加えることで、文意の強弱がいとも簡単に表現されています。

これはもう、楽譜におけるフォルテやピアニッシモといった記号の役割に等しく、今後、さらなる発展が期待されるところです。

たとえば、

「もう、二度としません（百）」
「もう、二度としません（白）」
「もう、二度としません（空）」

などと、末尾に付け加えるべき様々な一文字が考えられ、この場合、（百）には、「すでに百度は繰り返し唱えてきたことではあるが」という嘆息が。（白）には「すでに百度を超えて、白々しく聞こえるでしょうが」という諦念が。

(空)には、「自分でも空々しいと思うのですが」という開き直りに近い思いが、それぞれこめられています。

あるいは、(虚)(悟)(無)などを付して、反省の強さを示し、(風)(雨)(槍)などを付して「二度としません」という決意の強さを表します。風が吹こうが、雨が降ろうが、果ては「槍が降ろうが二度としません」という決意を(槍)の一字に託すのです。つまり、(槍)こそが最上の決意表明になるわけです(眉)。

ちなみに、いまの(眉)は「眉唾」の意をこめました。

文章というのは不思議なもので、もともと大して強く思っていたわけでもないのに、いざ書いてみると、断言を連発している自分に気付きます。「である。」「なのだ。」と断定し、本当は曖昧なところであったのに、つい筆が走って、言い切ってしまうのです。

もっとも、語尾が「である。」ではなく、いちいち「かなぁ。」とか、「ような気がします。」だったりしたら、おそらく誰も読んでくれないでしょう。不思議なことに、書き手のみならず、読者もまた、無意識に断言して欲しいところがある――ような気がします（笑）。

とはいえ、そうそう断言など出来るものではありません。すべては（仮）であり、人の思いは常に移り変わっていきます――と、こうして書いていることもまた、（仮）でしょう。

本当をいえば、この（仮）の状態こそが居心地よく、このまま何も決めず、（仮）のままいけないものか、と思うこともしばしばです。ひとまず、このような看板を掲げてみましたが、場合によっては、別の看板に変更するかもしれず、あるいは、このままかもしれず――。

要するに、優柔不断というヤツでありますが、あらためて、この「優柔不断」の四文字を眺めてみますと、「不断」は「決断できない」ことで、まさしくそのままであるとしても、「優柔」の二文字――「優」と「柔」は、優秀の「優」に柔軟の「柔」で、漢字をひらけば、「やさしさ」と「やわらかさ」になります。しかし、このふたつが重ねられた「優柔」の意味は、「ぐずぐずしているさま」。

音楽の記号に「ぐずぐず」があったかどうか思い当たりませんが、のらりくらりと結論を出さず、ああでもあればこうでもある、甲でもあるし乙でもあると双方を拾い上げる「優」と「柔」の豊かさこそ、自分が文章で伝えたい核心である――ような気がします（仮）。

誤字

先だって、スーパーマーケットの牛乳やらヨーグルトやらが並んでいる売場で、驚くべき発見をしました。

それはKというメーカーがつくった豆乳で、紙パックのパッケージに商品名をあしらった独特のデザインが施されていました。

商品名は「調製豆乳」。さて、調製とは何ぞや、と眺めていると、すぐ隣に、デザインもよく似た同じメーカーの「おいしい無調整豆乳」なる商品が。

ふうむ、なるほど。こちらは「無調整」の豆乳で、もうひとつは調整されている――いや、そうではありません。「調整」ではなく「調製」

とあるではないですか。

なんと、これまでぼんやり眺めていたときは気付かなかったのですが、よくよく観察してみますと、「ちょうせい」の「せい」の字がひとつは「製」で、もうひとつは「整」となっています。

気付きませんでした。

というか、衝撃でした。

というのも、ただいま執筆中の小説に「調製豆乳」と「無調整豆乳」を買い間違えるシーンを書こうとしていたからです。その取材を兼ねて、棚を眺めていたのでした。

いやはや、買い間違えるどころか、商品名を書き間違えてしまうところでした。「調整豆乳」あるいは「無調製豆乳」などと書いてしまい、すかさず、誤字の指摘が入ったことでしょう。

しかし、誤字というものは、よほど注意していても、うっかり書いてしまうものです。

というのも、字としては間違っているのですが、意味としては通ってしまう、いや、むしろ、こちらの方が正しいのではないかと、誤字に説得されるような場面がしばしばあります。

たとえば、誰もが一度はぶつかる誤字のひとつに「完璧」の「ぺき」の字があります。誰もが一度はぶつかるような、何もかもを遮蔽する完全なる壁で「完璧」——ではないのです。べルリンの壁を御覧なさい。鉄壁は決して完璧ではないと、歴史が照明、いえ、証明しました。

他にもいろいろ——。

問い「正す」のではなく、問い「質す」。これなども、間違いがないように正しく問い詰める感じがするので、つい、「問い正す」が正しいような気がします。

「自我自讃」でも「自画持参」でもなく「自画

自讃」。これはまぁ、あまり間違えませんが、「自画」よりも「自我」の方が内面まで踏み込んだ感じで、より正しいように思われ、「自讃」ではなく、わざわざ「持参」する厚かましさが、この言葉の本質を表しているのでは――。

「慣れ慣れしい」ではなく「馴れ馴れしい」。そうでしょうね。「馴れ合い」は、ときに良い結果を生みません。もちろん、こちらが正しい。しかし、「慣れ」もまた油断につながり、「慣れ慣れしい」のも要注意です。

「短刀直入」ではなく「単刀直入」。ええ、もちろんそうでしょう。ナイフを直入してはいけません。「刀ひとつで斬り込む」が正しいのです――が、どちらも同じような?

「寄りを戻す」ではなく、「縒りを戻す」。ふうむ、なるほど。「縒り」は糸を「よる」の「縒る」であり、せっかく縒ったわけですが、また、もとの糸の状態に戻すということです。しかしこれは、なんとなく釈然としません。ヨリを戻すというのは、仲直りをしてまた交流を持ち、糸がふたたび「縒り」の状態に戻ることかと思いがちです。しかし、逆なのです。「縒りを解く」というような意味であり、このあたり、つくづく日本語は難しいと考えさせられます。「寄りを戻す」とか、あるいは「よりどころ」の「依り」などの方が、しっくりくるように思うのですが——。

「銀座百店」ではなく「銀座百点」。

はい、こればかりはお間違いなきよう。いえ、たしかに百を超える店舗が軒を連ねているのはそのとおりです。その店舗が、いずれも百点満点であるのが「銀座百点」の由来とのこと。

勉強になりました。

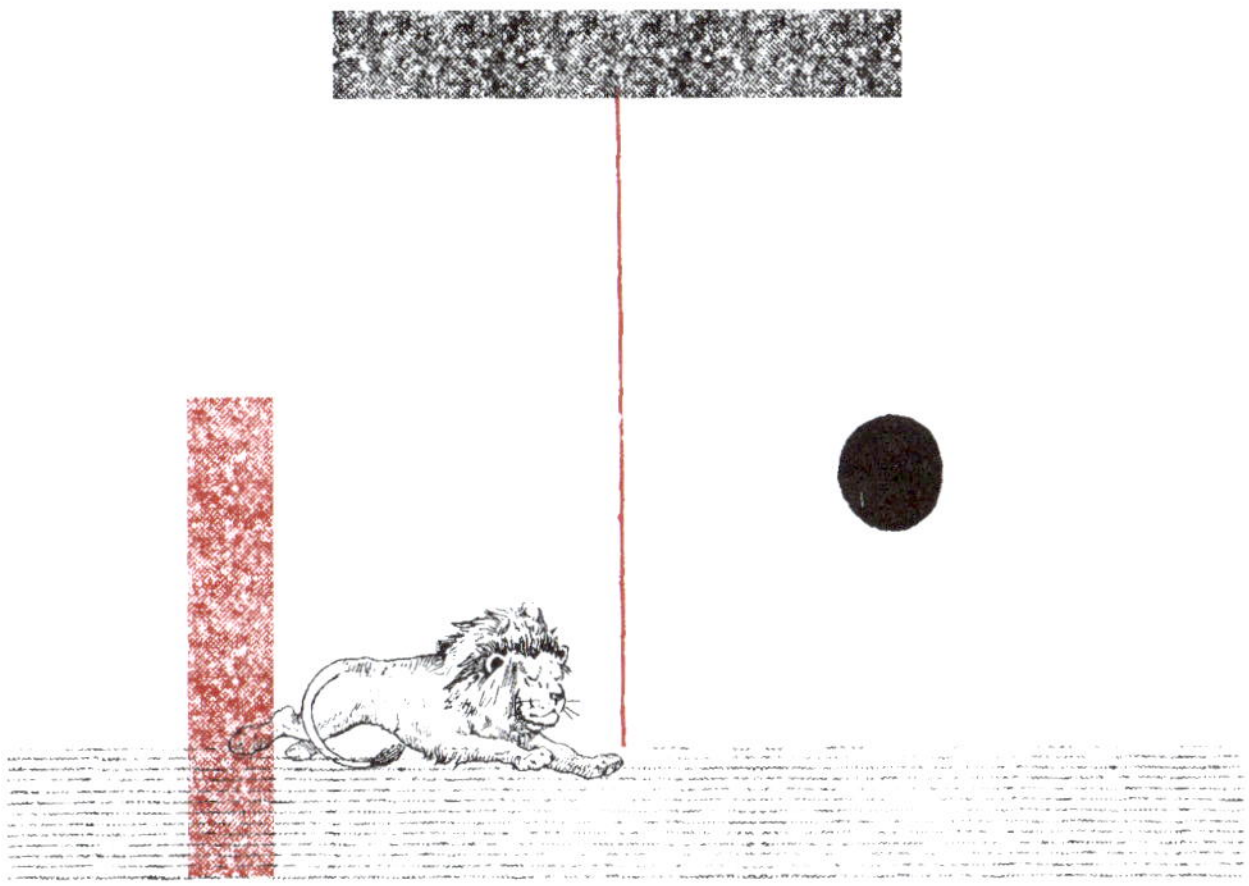

心さみしいときは

歌が好きである。心さみしいときは歌を歌えばいい。しっかり声に出し、多少ふらついても旋律をたどり、そうして歌っているうちに腹が空いてくる。腹が空いてくるのは元気な証拠。

お茶をいれて菓子でも食べよう。まずは湯をわかそう。台所に立ち、やかんに水をいれ、ガス台の上にのせて栓をひねる。火がつく。

火が好きだ。心さみしいときは火をおこせばいい。「火」という字を見ると、「人」のまわりに、何やらゆらめくものがある。心さみしい冬の午後は焚き火でもして、ついでに芋でも焼いて、ほくほく湯気のたつ焼き芋を食べよう。その湯気こそが、人のまわりにゆらめくものではないだろうか。

あるいは、暖炉。暖炉の火を眺めていると、それだけで人はなごむ。いや、暖炉は一般家庭に常備されているものではないので、焚き火や暖炉を電化・簡易化したストーブでもいい。わかした湯でお茶をいれ、焼き芋のかわりに菓子でもつまんで、空腹を満たそう。

菓子が好きだ。街へ出て、上等な洋菓子を食べる贅沢もいいが、家で気楽に袋菓子を食べるおやつの時間がじつに落ち着く。

家が好きだ。心さみしい冬の夜は家の中でストーブにあたりながら本を読もう。

では、どんな本を読むか。いわゆる名作と呼ばれるものではなく、巷《ちまた》でもてはやされるものでもなく、うん、これはいい、とひそかに愛でる「佳作」と呼ばれるものがいい。中でも架空の物語が好ましい。とりわけ空想科学小説の心躍る未来の物語が。

いや、未来もいいけれど、過ぎた日々に思いを馳せるのもいい。

過去が好きだ。ときに過去は、「古びたもの」「懐古趣味」などと切り捨てられてしまうことがあるが、心さみしいときは、過去の情景や知恵や経験が励まし慰めてくれる。

だから、他人の日記を読むのが好きである。他人の過去をひもとくのは興味が尽きない。いや、他人ではなく、自分の過去にももちろん興味がある。だから日記を書く。

おもしろいことに、日記は未来の自分のために書くものなのに、読むときは過去の自分を顧みている。心さみしいときは、日記を書いて日記を読む。絶えず流れてゆく日々というものがそこにある。

日々が好きだ。そして、日々を書くことが好きだ。書く、ということがなかったら、どんなにつまらないだろう。書かなければ読むことはできない。読む楽しみの前には、かならず書く楽しみがある。

されど、家にとじこもって、架空に遊んだり、日記を書いてばかりでは、いささか不健康である。ストーブを心の友とする冬の日々よりも、本当を言えば、夏が好きである。夏の開放感が好きである。夏の夕方に、銀座にふらりと出て、ちょっとした買いものをする時間くらい清々しいものはない。

買いものが好きだ。心さみしいときは買いものをしよう。鉛筆一本でいい。買いものをする、その時間が喜ばしい。

さて、あとは何か？

心さみしいときは――。

そうだ、買いものの最後に花を買い、本ばかりが積み上がった部屋の隅に飾ろう。いい香りのする花を。

花が好きだ。

いい香りが好きだ。

ついでに、珈琲をいれて——珈琲もいい香りがするから好きだ。そういえば、珈琲はその昔、「可否」と書いたそうである。

その「可」という字。可能性の「可」。よろしいという意味の「可」。

「歌」という字。「火」。菓子の「菓」。「家」。佳作の「佳」。架空の「架」。過去の「過」。日々の「日」。書くの「書」。「夏」。買いものの「買」。「花」。「香」。

なぜだろう。どういうわけか、自分の好きなものは、これすべて「か」と読める。

不思議なことである。

感じ

年に一度か二度、ぼくはぼくの師匠であるところのゴンベン先生に教えを乞う。「まち」の酒場の片隅で、ちびちびとコップ酒を飲み、先生はいつでも早々に鼻が赤らんでいる。

「まち」と、とりあえず平仮名で書いたのは、いい加減な漢字を使うと、かならずあとになって、先生に注意されるからだ。

「吉田君な、君が書いたこのあいだのアレを読んだが、あそこの、ほら、『まち』のはずれで『うた』をうたうところ。あれな、あの『まち』は、私が思うに、街ではなく町ではないのか。そして、歌ではなく唄ではないのかね」

万事こうした調子である。

「吉田君ね、文章というものは、それもとりわけ、詩というものは、漢字ひとつでずいぶん感じが違ってくる」

「先生、いまのはシャレですか」

「まぁ、シャレだがね。覚えやすくていいだろう。漢字は感じだ。漢字ひとつで感じが変わってくる」

常にこの調子である。だから、ぼくとしても、「街」と書くべきか、それとも「町」と書くのがふさわしいか、書くたび、立ちどまって考えている。その結果、このあいだの「アレ」と先生が呼ぶ詩の一行に、ぼくは「町」ではなく「街」という字を選んだ。

「私はな」と先生は言う。「私は、そもそも、街という字が好きではない。正確に言うと、まちを街と書くのが好ましくない」

「でも、先生――」

「君の言いたいことはわかっている。たとえば、この銀座のような都会には街という字がふさわしいと、そういうことだな？」

「ええ。だって、先生のおっしゃる『感じ』というのは、つまり、そういうことじゃないんですか」

そこで先生は目をつむった。

「そうなんだが、そうではない」

これが先生の口癖。

そうではないがそのとおり。違うけれど正しい。嫌いだけれど好き。

といって、どちらでもいいというわけではない。先生はどちらも等しく肯定する。そうすることで見えてくる風景がある——というのが先生の持論なのだ。

「君が選んだ舞台はたしかに街なのだろう。都会のね。だから、『感じ』としては、『街』が正しいと君は判断した。しかし、それではあまりに当たり前ではないか。僕はね――」

先生の目が開いた。先生はときどき、学者から詩人の顔つきに戻り、そうしたときだけ、自分のことを「僕」と称する。これはおそらく「ぼく」ではなく「僕」と書く感じだろう。

「僕はね、本当を言うと、街という字が好きなのだ」

「あれ？　どっちなんです？」

「いや、つまり、こういうことだ。僕は都会を愛する。しかし、気どった街ではなく、どこかしら親しみのある町を隠し持った街がいい。『うた』もまたしかり。歌の中に唄が隠されたものが一等いい。その感じだ。吉田君、その感じを君の選んだ漢字で書いてほしい」

「しかし、どうすれば――」

「秘策を伝授しよう」

「秘策？」

「私が私の師匠から教わったことだ。いいかい、よく聞きなさい。簡単なことだ。要するに、当たり前な結論を裏切ればいい。『街』と書かれるのが順当であれば、あえて『町』と書く。あきらかに『歌』と書くべきところを『唄』で通す。いや、なにも右を左と書くわけではないのだから、躊躇《ちゅうちょ》することはない。僕はね、ここが日本語の面白いところだと思う。奥深いところだ。だって、そうだろう、どちらを選んでも意味としては通じる。その先は、漢字ではなく感じだ。シャレではあるけれど、シャレはおしゃれの洒落でもあろう」

そう言って、先生はまたおもむろに目を閉じた。さて、先生は「目」を閉じたのか、「眼」を閉じたのか。

まちの詩人になるのは難しい。

烏

突然ですが、「烏」という字を見てみましょう。いえいえ、トリではありません。よく見てください。カラスです。一見、「鳥」のようでありますが、ここで取り上げたいのは、あくまで「烏」です。

しかし、それにしてもそっくりではないですか。しかし、断じて違うのです。何が違うか。ええ、そのとおり。「烏」は横棒が一本足りません。いえ、足りない、という言い方は、あまり好ましくありません。

というのも、わたくし、じつは、カラスが大好きでして、カラスだってトリの一種なのに、なにゆえ一本足りないのか？

わたくしが思うに、カラスくらい賢いトリはおりません。わたくしに言わせれば、カラスこそトリの中のトリです。ですので、納得がいきません。足りない、とは何たることか。

そこで、こう考えました。じつは、カラスこそが、あるべき姿であり、その他大勢のすべてのトリなるものは、いずれも余計なものが「一本多い」のだと。

世の中、何事につけ過剰です。事の本質、本来の姿は、じつのところ、横棒を一本取り除いたところにあるのではないでしょうか。

三の本質は二であり、二の正体は一です。三なんてものは、一を三つ集めたに過ぎません。たとえば、いまお読みいただいている「本」ですが、ここから横棒を一本取り除けば「木」となり、まさに書物の本質、紙の由来を示しています。本の正体は木です。そこへ、人は文字という名の横棒を次から次へと書き込んで本にしてきました。

どうも、人間というものは、何事につけ、かような手品をするようで、ちょいと目を離した隙に、さっと横棒を一本付け足して大きく見せようとする。

その証拠に、「人」に一本付け足せば「大」です。

人が何をもってして「大人」になるのか知りませんが、じつのところ、何をもってしても「大人」などにはなれず、ちっとも大きくないのに、ひょいと横棒を一本付け足して「大」とごまかしている。

それだけならまだしも、さらなるインチキを図って、横暴に横棒を付け足し、遂には「大」を「天」にまで昇華してしまう。「天下を取る」などと大きな口を叩き、大した才もないのに鼻高々。これをすなわち「天狗」と呼びます。

しかし、「天」などもってのほか。この際、「大」からも横棒を取り払い、すっかり化粧を落として、ただの「人」に戻れば、さしあたって、それ以上横棒は見当たりません。

いや、待ってください。「人」はよしとしても、人間の「間」という字には、欲望——いえ、横棒が何本も仕込まれています。

では、試しに「間」から一本取ってみましょう。すると、どうでしょう。「間」は「問」となり、なるほど、人間の本来の姿は、「人」を押しのけて「間」に割り込むことではなく、まずは自分自身に「問う」てみることかもしれません。

人間は考える生きものです。

しかし、欲望ならぬ横棒を次々と自分に付け足し、人は自分を律することを忘れ、自分に問うことを忘れてしまいました。

人はもっと問うべきです。

なぜ、「鳥」という字は「島」という字に一本足りないのか？

自問するべきです。自問し自答することで、そこに本来の自分が見えてくる。

――自分。

なんとなく、この自分の「自」という字も、見るからに横棒が多いような気がします。

えいっ、と一本はずしてみれば、風とおしよく「白」となり、一本少ないだけで、なんと気持ちよいことか。

すべての欲望が消えて真っ白になるまで、人は自らを律するべきです。

――と言いたいところですが、あまり根を詰めると体をこわしてしまいます。何ごとも過剰にならず程よく。どうぞ、「体」から横棒を一本除いて、お「休」みください。

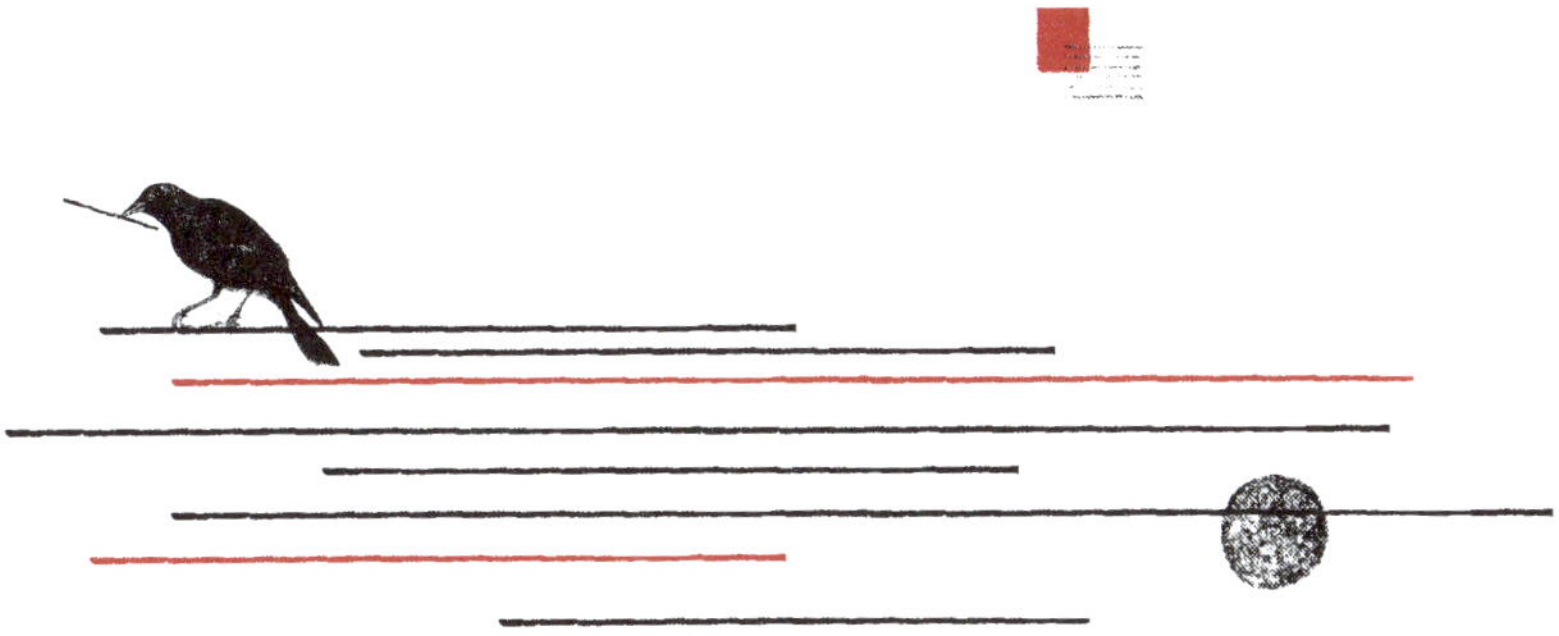

紅一点

ところで嘘はなぜ赤いのか。しかも、真っ赤だという。これはやはり潔白の白に対する色なのだろうか。しかし、白に対するのは黒が順当ではないか。「シロかクロか」とよく言うし、「シロかアカか」は戦いの際に使われるものである。そういえば、大晦日の歌合戦において、アカは女性陣と決められているが、これもまた、どうしてなのか。ちなみに、歌合戦のアカは紅白の紅で、アカには赤と紅と朱の三種がある。たとえば、自らの頰に差したり施したりするのは紅と朱である。そして、恥ずかしいときに頰に兆してくるのが赤である。つまり、身の内に隠されていたものが露呈するのが赤ということとなるだろうか。

この「赤」には、様々に謎がある。産まれたての子供を赤ん坊と呼ぶのはなぜか。サイコロの目の一だけが赤いのはなぜか。カレンダーの日曜日を赤色にするのはなぜか。

いや、もっと重要なのは、なぜ、血の色は赤いのか。嘘と女性と産まれたてとイの一番と日曜日と血に共通するものは何なのか。

この件について、酒場で議論になった。居合わせたのは野郎ばかりが三人。安い酒でいい具合にできあがった場末の野郎ども＝ヤとロとウの三名。

ヤ「なんだろうな、共通点は？」

ロ「あのさ、俺、もうひとつ見つけちゃったんだけど。ほら、俺の鼻の頭」

ウ「なるほどね、酔っぱらいの鼻か」

ヤ「馬鹿を言うな。俺なんか酒を飲むと顔が青くなる。誰も彼もが赤くなるわけじゃない」
ロ「血っていうのが鍵なんだろう」
ウ「血はなぜ赤いのか――」
ヤ「神様に訊いてみたいよ。どうしてわたくしどもの血の色を赤くしたのでしょうか？」
ロ「目立つからだろうね」
ウ「何で目立つのがいいんだ？」
ヤ「血が流れたら、あぶないってことだよ」
ロ「ああ、赤信号か」
ウ「てことは、やっぱり赤って色は、人間の目と脳に一番ピピッとくるわけだ」
ヤ「事実そうだろう？　赤は目立つよ。なぜか、と訊かれても分からんけれど」
ロ「そこはニワトリが先か卵が先かって話だ。血が出たら危ない。血が出たら命が脅かされる。ヤバい。そうした経験から、赤を特別な色として脳が認識しているんじゃないか」

ウ「じゃあ、赤っていうのは要するにヤバい色ってことだな。忌《い》まわしい色というか――」

ヤ「お前は女性が嫌いなの？」

ウ「いやいや、この世に女がいなかったら生きてる意味もないでしょう」

ヤ「じゃあ、忌まわしくはないだろ」

ウ「そうね、女っていうのは――」

ロ「レッド・カーペットのように華やかで、ルビーの指輪のように大事なものだ」

ヤ「なるほど、それだ」

ウ「つまり、大事ってことだ。守るべきものが赤色の正体だ」

ロ「おう、それで決まりだな」

ヤ「血と日曜日とイの一番と産まれたてと女性と嘘と――」

ロ「どれも大事なものだ」

ウ「嘘もか？」

ヤ「まぁ、男としてはね」

ロ「そう、男としてね。男はまぁ、嘘もつきますよ。虚勢を張るっていうか、そうでもしないと前へ進めない」

ウ「いや、そういうことじゃないだろ。ついてしまった嘘を必死になって隠し通そうとする。自分を庇《かば》うというか。しかし、それを『守る』と言っていいものかどうか――」

ヤ「女房も子供も大事だけど、自分の身を守るためには嘘も大事。嘘も方便ってやつだよ」

ウ「うん。たしかに日曜日の休みは死守したいね。だから、忘れないように赤くしとかないと。俺はついつい仕事に夢中になって、休むのを忘れてしまうから」

ヤ「おお。これはまたずいぶんと鮮やかに真っ赤な嘘だな」

月

アメリカから遊びに来て、すっかり日本が気に入り、そのまま居座ってしまったスティーヴという友人がいる。

「ワタシハ日本愛好家デス」

と彼は言うのだが、愛好家などという言葉をどこで覚えたのか。彼の言動が面白くて、ときどきこうして彼のことを書いてきた。それが彼に見つかって、

「何故、私ノ話シタ事ハ、カタカナニナルノデショウカ」

と詰め寄られた。さて、なんとなくそんな感じがするだけで、といって、すべてがカタカナではなく、「漢字まじりのカタカナ」という特

異な表記にしたくなる。ところどころ、イントネーションに怪しいところがあるからだが、日本人が舌を巻くほど日本語をよく知っている。

そんな彼が、「月」について質問してきた。

「月って、空の？　ムーンの？」

「イイエ、空デハナク、カレンダーノ月デス」

「ああ、一月、二月の——」

「ハイ、ソノ月デス」

英語では、一月はジャニュアリー、二月はフェブラリーと、それぞれに呼び名がある。日本人は大抵のものに独自の名を付けて呼びならわしているのに、どういうものか、月だけは事務的に番号を振って済ませている。

「何故デスカ」

「うーん、そうねぇ——」

腕を組んで考えると、急に彼は顔を曇らせた。

「日本人ハ自分ノコト、ナニモ分カラナイ」

スティーヴの研究によると、西洋の国々はもちろん、世界中のほとんどの国が、それぞれの月に名前を付けているという。が、日本人は、そっけなく、「一ガツ」「二ガツ」と番号で呼んでいる。

「ツマラナイネ」と彼は言う。

しかし、その一方で、日本に居ると、常に「○月○日」が目に留まり、ムーンとサンをこれほど日常に溶けこませている国は他にないのではないか、と感心している。

「太陽ハ、イツモ丸イケレド、月ハ変化シマスカラネ」

その、日々、変化してゆく月の存在を、たとえば、ダイアリーをめくっては、「○月○日」と記して身近なものにしている。日本人は常に「月」と共にある。そう彼は解いた。

「ツキアイ、ガイイヨネ」

「それは、しゃれなの？」

「シャレダケド、日本語ハ、駄ジャレヲ研究スルト、イロイロ分カルンデス」

ツキアイの「付き」、あるいは「憑き」「尽き」といった同音異義の言葉は、いずれも掘り下げてゆくと、どこかしら「月」につながっているという。

すなわち、月は尽きる。真ん丸であったものが、しだいに痩せ、最後には光が尽きる。「つき」という音の源が、この「尽き」ではないかという説があるが、以上すべて、スティーヴ君からの受け売りである。

「デモ、昔ハ、アリマシタネ」

「昔？　何が？」

「睦月、如月、弥生――」

「おお、そういえば」

「何故、ヤメマシタカ」

スティーヴはいつのまにか、真顔になっていた。ええと——困ったな。アメリカ人に正面から問われると、日本代表になった気分で、たとえば、十月は何であったかとしばらく考え、「神無月」と答えが出るまで数分かかった。

「何故、十月ハ、神様ガ居ナイノデショウ？」

スティーヴの疑問は尽きない。彼に訊かれるまで気付かなかったが、「十月」という響きは、すでに「十番目の月」という意味から離れ、「ジューガツ」というカタカナ的な音だけで、十月の温度や匂いがよみがえる。昔の人は「カンナヅキ」の響きにそれを感じたのだろう。苦しまぎれにそんな説明をすると、

「大事なのは、記号ではなく、文字や言葉によって立ちあがるものの方ですね」

イントネーションも完璧な、カタカナまじりではない、きれいな日本語で彼はそう言った。

ロック

日本の犬はワンワンと吠えるが、英語圏の犬はバウワウと吠える。

どちらが本当の音に近いのだろう。もちろん、犬種と犬の機嫌にもよるだろうが、ここでは、バウワウの「バ」の響きに注目したい。

このところ、右肩に付くものが気になっている。たとえば――この、たとえばの「ば」もそうだが、「は」の右肩に打たれた点。これは濁点と呼ばれ、要するに、この点が右肩に打たれた文字は発音する際に音が濁る。

というか、これは楽譜の記号と同じで、ここは「濁らせよ」という指示になっている。言葉を変えると、「あえてノイズを入れなさい」と指示しているわけで、人が言葉をかたちづくる過程で、こうしたノイズを排除しなかったのは、じつに思慮深い選択だったと感じ入る。

というのは、どうやら、物事の本質は、こうした「濁り」や「ノイズ」の方にあるのではないかと思われるからだ。

たとえば、「たとえば」と声にするとき、濁りを排してしまうと、「たとえは」になる。これではなんだか力が抜けて、たとえばの後につづく言葉も力を失ってしまう。「ば」と音が濁るから、その濁った音の響きに耳が反応して、「たとえば」を投げかけられた相手も、「それで?」となる。ちなみに、「それで」の「で」も濁っており、こうして並べてみると、人は何かしら強調したいとき、注意を促したいとき、気持ちの水位があがったり感極まったときに、思わずノイズが生じるようである。

ロックと呼ばれている音楽の推移を俯瞰《ふかん》するとよく分かる。楽器は、より主張の激しい音楽を奏《かな》でるために電気的に音を増幅し、その結果、音がひずみ、歪んで濁った音が、奏者の「叫び」の代わりとなった。あるいは微妙で複雑な矛盾や混沌や衝動といったものを、音を歪ませたり濁らせることで表現した。

しかし、こうしたロックな表現は、言葉がつくられた時点ですでに濁音に託されていた。つまり、濁点とはロックなのである。人の胸のうちにある歪みである。歪みの「歪」という字は、じつに分かりやすく「不正」と書くが、こうして濁音を発している以上、人はこの「正しくない」ものを胸の内に秘め、ガギグゲゴバビブベボとノイズを発しつづける。

そして、それこそ、じつに正しい表現ではなかろうか。濁音のない「きれいな音」で奏でられたものは、きれいではあっても、何かもうひとつ本当のことが足りない。嘘がある。その証拠に「きれいなこと」に濁点をひとつ打っただけで、「きれいごと」になる。

濁点は、こうして世の「きれいごと」を暴いてゆく。ワンワンと可愛らしく吠えていた犬も、人のきれいごとを察したときは、牙をむいてバウワウと吠える。

バウワウと吠えられて、人ははじめて萎縮する。いや、萎縮したのは錯覚で、実際は本来のサイズに戻っただけだ。

本来のサイズより大きく見せようとして「きれいごと」を並べ、人は自分が大きくなったと思い込んでいる。大きくなった人の目には、物事の機微が見えない。機微は常に小さなもので、「きび」と言葉を濁らせてノイズを発しないと、大きな大ざっぱな人には伝わらない。

「そうそう、いるよね、そういう人」と他人事のように頷く人たちのほとんども、かなり大きくて大ざっぱな人になっている。

大きな人の耳には、機微の叫びが聞こえない。轟音ノイズによるバウワウの叫びが、ようやく機微と呼ばれる小さな雑音となり、それとて、ほとんど気づかない。

「やれやれ、困った大きな奴らだ」と英語圏の神様は世に犬を放ち、GODをさかさまにしたDOGと名付けて、大きな人たちにバウワウと吠えるように命じた。

そして、漢字圏の神様は、きれいごとの大きな人たちを戒めるため、彼らが失った機微と濁点を思い出させるために、その吠える動物の名を「大」の字の右肩に点を打って、「犬」としたためた。

八犬伝

一・「そこにいるのに、いないものなあんだ」
というなぞなぞに答えられず、降参して解答ページを覗いたら、〈いぬ〉とあった。

二・なあんだ、いないのか、と帰ろうとしたら、本当は三頭も隠れていて、それぞれ〈犬〉〈狗〉〈戌〉と字が違っている。どうしてまた三つも？　が、これは、なぞなぞにあらず、解答ページがありません。致し方なく、かしこまった三頭にそれぞれ訊いてみれば、〈いぬ〉にもいろいろ事情があるようで。

三・〈戌〉いわく——、
「すみません、私は本当を言うと、いわゆる〈いぬ〉ではなく、干支《えと》の戌、記号としての

〈いぬ〉なんです。方角でいえば〈北西の西寄り〉。時刻でいえば〈夜の七時から二時間あまり〉です。いわゆる黄昏どきでしょうか。誰そ彼？　と夕闇に浮かぶ姿を追ってゆくと、はて、だあれもいない。だから、私はいないのです」

四・〈狗〉いわく——、

「いや、俺は確かにここにいるぜ。だけど、あんまり人気がないんだ。〈犬〉は子供でも知ってるし、〈戌〉もまぁ、年賀状関係で有名だ。でも、俺は知られてない。知られてなければ、やっぱり、いないも同然だ。なんとなく辛気《しんき》くさいっていうか、たとえば、羊頭狗《ようとうく》肉《にく》なんて言葉があるが、頭を眺めて、『おお、羊か』と喜んだら、じつのところ、肉は狗だったっていうオチ。そのオチが俺だ。まぁ、まずいってことだね。じゃあ、食うなよ、と言いたいが。大体、俺はけものへんを従えてるから、どこか獣っぽい。〈狼〉に似てるだろ。へっへっへっ。ぼんやりしてると、こっちから食っちまうぜ——と言いたいところだが、けものへんの隣にある〈句〉っていう字は、〈いぬ〉がちんまり寝てる姿らしい。俺はつまり平たく言うと、〈小いぬ〉ってわけだ。だけど、〈犬〉には負けない。だってあいつ、肝心の〈けものへん〉が付いてないだろ」

五・〈犬〉いわく——、

「ええ、そうです。おっしゃるとおり僕は獣なのに、〈けものへん〉がない。なんだか、お前は軽いよ、とよく言われます。だけど、本当はそうじゃない。いいですか、けものへんのあの形は、じつのところ、〈犬〉という字の変形なんです。つまり、僕こそが獣なんです。野獣の獣、怪獣の獣。あれはすべて僕なんです。なのに、このように簡略化されまして、〈人〉という字に〈一〉を重ね――この〈一〉は紐でしょうか、紐の先にはつながれた〈丶〉。これが僕です。なくても気付かない。〈丶〉なんて。え？これを何と読むか？　さて、なんでしょう」

六・〈丶〉いわく――、

「はい、こんなついでみたいなもので申し訳ありませんが、この機会にどうぞお見知りおきを。わたくし、〈ちゅ〉と読みまして、馬琴先生の『南総里見八犬伝』をお読みいただくと分かりますが、〈ちゅだい〉なる法師が登場します。これすなわち、〈犬〉の字を〈丶〉と〈大〉に分解して〈ちゅだい〉なんです。まぁ、あってないようなものですから、ときどき省略されちゃいます。たとえば、〈戻〉っていう字。さんずいを付ければ〈涙〉ですが、この字を構成する〈大〉の字は、もともと〈犬〉でした。しかし、いつのまにか、わたくし〈丶〉が省かれまして。悲しいことです。涙が出ます。早くもとに戻していただきたい。

七・〈一〉いわく――、

「さっき、わたしのことを、犬をつなぐための紐とか言ってましたが、それは違うんじゃないかなぁ。わたしは横棒です。棒ですよ。ええ、あの有名な〈犬も歩けば棒に当たる〉の棒。〈当たる〉なんて言ってますが、要するに殴られちゃうわけです。え？　わたしに？　違いますよ。殴ってるのは〈人〉じゃないですか」

八・〈人〉いわく――、

「人聞きが悪いなぁ。棒なんて持ってませんよ。私は〈人〉ですから。紐だって持ってません。うちの犬は賢いですからね、紐につなぐ必要なんて――あれ？　どこに行ったんだろう？　誰そ彼どきでよく見えない。声はするのに、さて、そこにいるのか、いないのか――」

目のつけどころ

夜更かしの皆さま、今晩は。

今宵は皆さまに「眠り」についてお話ししたいと存じます。というのも、只今、わたくし、大変な眠気におそわれておりまして、ほとんど頭が回らない状態であります。本当を言いますと、今回は目の冴えるようなとっておきの面白い話を――と準備していたのですが、冴えるどころか、ぶあつい漢字字典のページをめくっているうちに瞼が重くなってまいりました。もう、いけません。字典を枕にして、ちょいと横になりまして、はなはだ失礼ながら、横になったま ま、お話しさせていただく次第であります。

ええ、今宵はこれこのとおり、字典を枕にしてしまいましたので、いつもどおり漢字についてお話しをさせていただくのですが、字典を引くことはかなわず、一切はわたくしの憶測による説でごめんください。

で、まずは「眠り」についてですが、この「眠」という字。御覧のとおり目偏であります。目という字の成立は字典を引くまでもなく、見た目そのまま「目」のかたちをしております。

え、分からない？　では、あなたもこの際、字典を枕にして横になり、横になったまま「目」という字を眺めてみれば、ほら、目のかたちにそっくりでしょう？

こうして、横になることで初めて見えてくるものがあります。え？　だらしがない？　おっしゃるとおり。こんなふうにあくびをして、ぐうたらしていますと、ひとの目が気になるというか、あれ、こんなところにも目があるぞ、と、いつになく気になったりして――。

たとえば「直」という字です。こちらが横になっているせいか、直立の「直」の字が妙にまぶしく、まぶしさに目を細めて眺めていると、字の中から真っ直ぐにこちらを射る「目」がありました。

あるいは、「省」という字。

「おいおい、眠いなんて言ってる場合じゃないだろう」と、きびしく反省を促す大人の「目」が光り、これはもう大人というより監督の目です。よく見れば、監督の「督」の字にも当然のごとく「目」が隠れています。

なんだか、少々、眠気がさめてまいりました。

かように、「目」というものは、じつに恐ろしいというか、思わず背筋が伸びるというか。

たとえば、「直」という字から連想される「正直」という言葉。そして、「省」という字から連想される「自省」の二文字。あたかも、自分の内面に眼光鋭き監督がいて、さぁ、目を覚ませ、と言われているようではありませんか。そして、ああやはり、「覚ませ」の「覚」という字にも、無論のこと「目」がありました。

いやはや、こうした連想は偶然なのでしょうか。それとも、「目」がつく「字」は、どこかしら、そうしたイメージを内包しているのでしょうか。ここはひとつ字典をひもといて確かめたいところですが、すでに枕と化した字典は、床に接着されてしまったかのように微動だにしません。

あ、また見つけました。接着の「着」という字。きらりと光る「目」があります。

「着眼点」という言葉が思い出されます。いわゆる、「目のつけどころ」です。「つけどころ」はどうやら無数にあるようで、おそらく、自分と相対するあらゆるものに自分の内面が映り込んでいるのでしょう。

だから、「相対」の「相」の字にも、「内面」の「面」の字にも「目」は隠れています。

こうなると、なんだか包囲されてしまったようで、四方八方からの視線を避けるべく、とっておきの盾《たて》を取り出してきたところが、なんと、「盾」にもまた「目」の字が――。

親愛なる夜更かしの皆さま。そういうわけですから、これらのおそろしい監視から逃れるためには、もう、目を閉じるしかありません。目には目を、です。目を閉じればすべては消えます。そして、瞼の裏に浮かぶのは、眠りこそが唯一の安らぎである、という麗《うるわ》しい真実です。

あ、しまった。

真実の「真」の字にもまた――。

鏡の国

「おや？　あなた、どうしました？」

「そう言うあなたはどなたでしょう？　なんだかどうも――」

「我々はそっくりじゃないですか」

「あなた、もしかして僕でしょうか」

「そう言う、あなたは私ですか」

「どういうことでしょう」

「いま何時ですかね」

「ちょうど午前0時をまわったところです」

「なるほど、やはり」

「午前0時がどうしました？」

「あなた、いま、鏡を見ていたでしょう？」

「ええ、目の様子を見ていたんです。どうも充血していたようで――」

「目ですか。なるほど。私は口でした。虫歯の点検をしていたんです。つまり、我々は鏡のあちらとこちらで目と口を鏡に映していた」

「あちらとこちら？」

「ええ。我々はお互い、鏡に映る者同士なんです。私の鏡に映るのがあなたで、あなたの鏡に映るのが私」

「ほう。となると、そんな我々がどうして、ひとつの空間にいるんですか」

「前に何かで読んだことがあります。ここは鏡の中と外の間にある中間というヤツで――」

「チュウカン？」

「カタカナではなく漢字で考えてください。縦書きで。ほら、中間という字は鏡に映しても変わらず読めるでしょう？」

「なるほど、たしかに読めますね」

「つまり、その字を出口として、鏡の中と外がつながるわけです」

「出口として？　入口ではなく？」

「ええ。入口という字は鏡に映すと惜しいところで変化してしまいます。しかし、出口は変わらない。鏡の国に参入するコツは、入口を探しちゃいけないんです。出口が入口なんです」

「なるほど。しかし、どうしてまた我々が中間にいるんでしょうか」

「簡単なことですよ。我々が日本の東京に住んでいて、名前が吉田だからです」

「日本、東京、吉田――」

「どうです？　どれも鏡に映しても変化がないでしょう。ですから、大阪の吉村さんでは駄目なんです」

「ということは、たとえば青森の田中さんとか、岡山の林さんでもいいわけですね」

「そういうことです」

「なるほど。しかしそうなると、我々は常に鏡の中と外を行き来することになりませんか。これまで一度としてそんなことはなかったし、どうしてまた今日に限って——」

「午前0時ですよ。我々が洗面所に取り付けた時計は文字盤に数字がありません。そして、その時計がちょうど洗面台の鏡に映ります。ところで、鏡に映してもまったく変化のない時刻は0時だけです」

「そうですか？　6時はどうです？　鏡に映しても同じではないですか」

「6という数字が左右対称ではありません。同様に12も。たとえ、文字盤に数字がなくても、いや、ないからこそ意味が問われます。そこへいくと、0はあらゆる意味で中間的です。午後と午前の狭間にあり、すべての時計の針が揃ったその一瞬だけは、時間が消えて0になります。午前0時だけが、鏡に映しても正しく同じものになるわけです」

「なるほど。しかし、そうなると我々は午前0時を迎えるたび、この中間の領域に迷い込んでしまうことになりませんか。どうして、これまではそうならなかったんでしょう？」

「目ですよ。そして口です。我々はそれぞれ、目と口を鏡に映しました。鼻では駄目なんです。洗面台の鏡に映る体の部位で、鏡に映しても変化しないのは目と口だけです」

「なるほど。それで、これから我々はどうなるんですか」

「出口を待つしかありませんね」

「待つ？」

「ええ。明日の午前0時が訪れるまで――」

O

てきとう

文章を書いている途中で、はた、と手がとまってしまうのは、たとえば、「適当」と書きたいときである。

てきとう、ということの言葉は、相反するふたつの意味を持っている。ひとつは「ほどよいこと」。もうひとつは「いいかげんなこと」。さて、伝えたいのはどちらの意味か。特に後者の場合が難しく、「彼は適当な人だ」と書くと、場合によっては「的確な人」という印象にもなる。漢字を使わずに「テキトー」とカタカナで書けば本意が伝わるだろうが、そんなテキトーな表記はしたくない。

どうしてこういうことになったのかは、「いいかげん」という言葉に秘密がある。この言葉は、基本的に「でたらめ」と同義であるが、漢字で書けば「良い加減」、あるいは「好い加減」となり、料理の味つけや風呂の温度などが「いい塩梅《あんばい》」であるときに使われる。

ところで、「テキトー」の同義語に「なげやり」という言葉があり、これは無論のこと、槍を投げることではない。漢字が違う。槍を投げるのは「槍投げ」で、テキトーで無責任な態度は「投げ遣り」である。しかし、テキトーな人がテキトーに「えいっ」と槍を投げるさまが、なぜか頭に浮かんでくる。

似たような印象をもたらすものに「捨て鉢」という言葉もあって、これは当然ながら、「えいっ」と鉢を捨てる人の姿が浮かんでくる。辞書をひもとくと、いずれも「やけっぱちのこと」とあり、「やけっぱち」を引くと「投げ遣りのこと」とある。「やけっぱち」の「やけ」には「自棄」という漢字が当てられていて、要は我を忘れて投げ捨てる、ということだろう。

自分の役割をつづけてゆくことを「続投」というが、同じ「投げる」でも、テキトーな人が自分の立場を放棄することとは、ずいぶん意味が違う。

ちなみに、陸上競技において「槍投げ」は「投擲競技」のひとつに数えられている。そこで、この「投擲（とうてき）」の二文字を逆さまにして「擲投（てきとう）」という新しい表記をつくり、「テキトーな人」の場合は「擲投」と書いたらどうだろう。

一方、的確な人としての「適当な人」は「的確」の言葉から連想されるとおり、的を射る印象がある。この場合、放たれるのは槍ではなく当然、矢であろう。御覧のとおり、「てきとう」

の「てき」と「てきかく」の「てき」は違う「てき」なのだが、「正確に的に当てる」という意味の「的当」という言葉があれば便利かもしれない。

しかし、ややこしいことに「てき」にはもうひとつ、「敵」という字もあり、そもそも、槍も矢も「敵」に向かって放たれるものであったから、「敵当」と書き間違えてしまうことがあるかもしれない。

「敵」で思い出すのは、「昨日の敵は今日の友」という言葉で、これまた人の「いいかげんさ」や「うつろいやすさ」を指摘している。言葉もまたうつろいやすい。「好い加減」であったものが「でたらめ」に反転するのだから。

たとえば、「やばい」という言葉は、ついこのあいだまで、危険を孕んだ「よくないこと」だった。が、昨今は「すごい」あるいは「すごくいい」「素晴らしい」の意味で使われている。

もっとも、「素晴らしい」の語源をたどってみると、「素敵に晴れている」さまなのかと思いきや、「みすぼらしい」の「すぼらしい」がルーツであるらしい。素敵に晴れているどころか、晴れた空に飛ばした風船がすぼんでしまうことを「すばらしい」と昔の人は言ったのだ。

それがどうして、いまの「素晴らしい」に転じたのか詳細は分からない。ただ、人はおそらく降りかかった災厄や不吉な暗示を福に転じる才を授かった動物なのである。その素晴らしい転調は、いつでも言葉が担っていて、言葉が生まれ変わることで事態も好転してゆく。

昨日の友は、ときに敵になり、次の日にはまた友になる。人はその「好い加減」を知っている。だから、その「素晴らしい敵」のことを「素敵」と呼ぶのである。

重ねる

最も「尊い字」、もしくは「大事な字」とは何であろうか、という話になり、まずは、その場に居合わせた年寄りが口火を切った。

「尊いのは、年寄りではないかね。年長者というものは、ただ年をとっているだけじゃない。経験を重ねている。重ねるということが最も大事なことだ。したがって、老人の老という字がこの世で最も尊い字で決まりだろう」

すると、その場に居合わせた青年が、すかさず手を挙げた。

「いえ、本当に大事なのは子供ではないでしょうか。僕はもう青年と呼ばれる年齢ですが、自分の中に依然として子供の魂があるのを感じます。いわゆる、三つ子の魂です。この魂は百歳になっても消えません。純粋と言い換えてもいいかもしれない。これこそ、じつに尊いものです。そこで、僕は三つ子の三という字こそ尊いと推奨したい。だって、いいですか、よく見てください。三という字には一と二が含まれています。複数の文字が重ねられているんです。これだけでも賞賛に値すると思いませんか」

これを聞いて、その場に居合わせた王様が一笑に付した。

「何を言ってるんだ。尊いのは私、王様に決まっている。なにしろ王様だぞ。よいか、私は下々の者たちの上に立ち、天上の神々にも通じている。この世の上にも下にも通じているのが私だ。一と二を含んでいるから三が尊い？　ならば、王という字をよく見よ。王には、一も二も三も含まれている。いや、それだけではない。

いま言ったとおり、よくよく見れば、上という字も下という字も含まれている。こんな字が他にあるか。これこそ、最も尊重すべき字で違いなかろう」

すると、

「ちょっと待った」

と、どこからか男の声が聞こえ、何やら一陣の風と共に颯爽と登場する者があった。風に純白のマフラーをなびかせている。

「あなたは誰です?」

と青年が訊くと、マフラーの男は、

「正義の味方です」

と不敵に笑いながら答えた。

「さぁ、皆さん、ワタシが来たからにはもう大丈夫です。何の心配もいりません。どうです? こんな存在がワタシの他にありますか。老人や王様や子供は、ときに人を心配させます。しかし、ワタシはその心配や不安を解消します。正義の味方。すなわち、いつのときにも正しい者です。大体、字の中に他の字がいくつも重ねられているから尊いなどと、そんな子供だましのクイズみたいなことを言っているから駄目なんです。もっと、正しい選考のもとに競い合わないと――。しかしまぁ、これは余談としてお伝えしますが、ワタシが推奨したい正義の正という字をよく御覧なさい。この正の字こそ尊い文字の王様です。いいえ、王様の上を行き、王様の横暴を止めるのが正なのです。いいですか、この字には、一と二と上と下が含まれ、さらに止という字まで含まれています。どうです？　これ以上のものがありますか。それに、正という字は、たとえば何かを勘定するときに日常的に重宝される側面もあります。こんな尊い字が他にあるでしょうか」

すると、一同の隅に追いやられた先の年寄りが、いまふたたび、皆の中心に歩み出た。

「愚か者がっ」

一同は、年寄りの力強い声にしんと静まり返った。

「君らは一体、何を競い合っているんだ。ひとつの文字にいくつもの文字が重ねられているのがどうして尊い？　そうではないだろう。重ねられるべきは年齢であり、年寄りこそがこの世で最も大事にされてしかるべきだと何度言ったらわかる？——とワシがいくら力説しても、君たちは理解できんだろう。そこで、ワシが改めて推奨したい、年寄りの年という字をよく見よ。この字にはな、驚くでないぞ、一と二と三と上と下と王と止と正のすべてが含まれている。どうだ参ったか。さぁ、降参をして年寄りを大事にしなさい」

うかんむり

「あの、ひとつお訊きしたいんですが、うかんむりのこども、とは何のことでしょうか」

という質問をいただきました。

「字のことです。字という漢字はうかんむりに子と書くでしょう」

「ああ、なるほど」

大抵はこの説明で納得していただいておりました。

「うかんむり、というのは屋根のある家を示すもので、家はもちろんのこと、宿とか室とか寮とか宅とか、どれも、うかんむりです」

ついでに知ったかぶりの解説も述べました。

「屋根の下にあるもの、たとえば、客とか、安心の安とか、守る、寝る、といったところがそうです。もちろん、子供も。子供たちは屋根の下で安らかに守らないと」

以上。これで安心、納得、理解、でした。うかんむりという名の屋根の下にあたらしい子供たちが次々と生まれてゆくのが字で、〈字〉によく似た〈宇〉という字と、やはり、うかんむりの子供である〈宙〉を並べれば〈宇宙〉になり、うかんむりの下には宇宙さえも生まれてくる、というのが自分の考えでした。

ここには、屋根の下に守られた〈実〉や〈富〉や〈宝〉があります。そうしたすべてが「字＝子供たち」のイメージと重なり、文字こそが世界をつくってゆくのだと、ひとり頷いておりました。ところがです。

「正確に言うと違いますけどね」

そうおっしゃる漢字の達人があらわれました。

「わたくし、こういうものです」と差し出された名刺の肩書きには、〈察〉や〈官〉や〈審〉の字が並び、さらには〈宰〉と〈密〉と〈宣〉の字まで。いずれも、うかんむりであるのはどうしたことでしょう。警察、官庁、審判、宰相、機密、といった物々しい言葉が脳裏をよぎり、その筋の達人が宣告したのです。

「〈字〉という漢字は、うかんむりではありません」

なんと——絶句。

「〈字〉が属するのは子の部首です」

達人は事典と辞典と字典をひらき、これは字の神様から貴殿宛の宣託であるとばかりに諭しました。

「貴殿のように、デタラメをまことしやかに語るものは、安寧なる漢字の世界の定めに害をもたらす者とみなされます。ちなみに、いま申し述べた、〈安寧〉と〈定〉と〈害〉の字は正しくうかんむりに属します。ついでにお伝えしておきますと、たとえば、〈空〉という字、これなどいかにも、うかんむりに属する字のようですが、そうではありません。部首としては〈穴〉に属するもので、従って、〈穴〉という字も、うかんむりに属しません」

達人はそこで寂しげな顔になりました。思えば、うかんむりの屋根の下には〈寂〉という字もあります。楽しく安心なことばかりではありません。うかんむりにも夜は来ます。いえ、ここはひとつ夜ではなく〈宵〉と書きましょう。

屋根の下で宴が毎晩のように繰り返されるのは、寒くて寡黙な寂しい宵が訪れるからです。だから、屋根が欲しい。屋根の下に人々が寄り集まったとき、言葉が生まれて字になりました。だから、言葉や字は、寒くて寂しい宵から生まれた子供である——とそう思いたい。

「ええ」

と、達人が意外にも同意しました。

「宗教、宗派の〈宗〉の字もまた、うかんむりです。この寂しい宵は頭上にひろがる宇宙がもたらしたものです。この暗さは宇宙の暗さですから、人の上にはどこの国のどんな場所でも夜になればこの暗さが訪れます。いまこのときも必ずどこかは夜です。だから、屋根はひとつではありません。私がいちばん好きな、うかんむりを冠した言葉を最後にお伝えしましょう。それは〈寛容〉です」

——と、これでおよそ「うかんむり」に属する字は出尽くしました。

あ、あともうひとつ。

〈完〉

あとがき

ここに収められた二十四本の小文は、雑誌『銀座百点』に連載されたものです。一九五五年の創刊以来、じつに七百号を数える東京・銀座発信の老舗タウン誌です。

子供のときから、この横長の愛らしい小冊子が好きでした。この本がこうして横長の版型になっているのはそうした事情によるのですが、「子供のときから」の理由は父母によります。

結婚する以前、父母は二人とも兜町で働き、仕事帰りによく立ち寄ったという銀座は、父母の青春時代の思い出の地でした。やがて結婚をして兜町を離れたあとも、二人にとって銀座は特別な街であったようで、特に父は、たびたび銀座に寄り道をし、酔って帰ってきたみやげが『銀座百点』だったこともありました。そうしたわけで、幼少のころからこの雑誌は身近にあり、よく読めもしないのに文字を追ってはページをめくっていたものです。

長じて、自分が青年期を迎えてからは、有楽町の日劇に映画を観に行ったり、数寄屋橋のハンターに中古レコードを買いに出かけた折に、かならず『銀座百点』を手に入れて愛読していました。

ところで、父の父のそのまた父、すなわち曾祖父は銀座の東、かつて木挽町《こびきちょう》と呼ばれていた町で鮨屋を営んでいました。しかし、大正の大震災によって店は一代で途絶え、いまは跡形もありません。あるいは、父や自分が銀座の街路に吸い寄せられてきたのは、そこに自分のルーツを感じ、帰巣本能のように体が反応したせいかもしれません。

そうした思いを持てあました挙句、ルーツへの探求を『木挽町月光夜咄』と題し、連載エッセイとして書き始めました。そして、その連載が回を重ねたところで、『銀座百点』から連載エッセイの依頼をいただいたのです。

思わず腕を組みました。

銀座を舞台にしたルーツめぐりのエッセイは、『銀座百点』にこそふさわしいものでした。しかし、あとの祭りです。

では、何を書けばいいのか。

腕を組んで思い浮かんだのは、こうして「文章を書いている自分」のルーツでした。

明快に「文章を書く仕事がしたい」と意識したのは、向田邦子さんの『父の詫び状』を読んだときです。十九歳でした。それまでも文章はこそこそと書いていていましたが、一読して感嘆し、机の上を整理してペンを握りなおしました。

奇しくも『父の詫び状』は向田さんの来し方が綴られたエッセイ集で、その初出掲載誌が『銀座百点』でした。

まるで、クロスワード・パズルを解くときのように、タテとヨコの言葉がクロスし、「何を書くか」の答えが次第に浮かんできました。

ルーツにまでさかのぼる自分の来し方は、すでに別の連載で書いていたわけですから、それならば、さらに根源的なこと、「書くこと」自体のルーツである「文字」について書いてみたらどうだろうかと思い当たりました。といって、学術的なものは自分の役どころではありません。机辺にひろげられた「字典」「辞典」「事典」の類をすべて伏せ、銀座の街路をあてもなくさまよい歩くように、「文字」の周辺を散策しながら書きました。

連載が始まって、ほどなくして東日本大震災が起きました。読み返してみると、その影響が随所に見られます。大正の大震災で曾祖父の鮨屋は消えてしまいましたが、この連載は休業の看板を掲げることなく、しかし節電による、かつての——いえ、本来の——ほどよい明るさ、心地よいほの暗さの中で静かに書きつづけました。

そんな環境のせいか、この本には通常営業の銀座には存在しない「銀座九丁目」が登場したりします。〈もんじや〉という文字を売る店の番地ですが、『銀座百点』編集部には、いまでも「どこにありますか？」と問い合わせがあるようです。しかしこればかりは、ほの暗い街路の向こうに見た幻であったと申し添えておきます。どうか、あしからず。

最後に。「散策」などと、つい気どって書いてしまいましたが、その実、心もとない与太歩きでしかなかった拙文を適切な道案内によって導いてくださった『銀座百点』の牛窪亭子さん、新潮社の田中範央さん、ありがとうございました。

そして、最後の一行までお読みくださった読書の皆様、心より感謝申し上げます。

ありがとうございました（深々）。

二〇一三年　初秋

吉田篤弘

◎初出 「銀座百点」二〇一一年一月号～二〇一二年十二月号

◎著者について

吉田篤弘 よしだあつひろ

一九六二年東京生まれ。

小説を執筆するかたわら、クラフト・エヴィング商會名義による著作とデザインの仕事を行っている。

おもな小説作品に『つむじ風食堂の夜』『フィンガーボウルの話のつづき』『それからはスープのことばかり考えて暮らした』『空ばかり見ていた』『圏外へ』『パロール・ジュレと紙屑の都』『モナ・リザの背中』『なにごともなく、晴天。』など。

◎これから書こうと思っている小説のキーワード

文字化け。放送局。温水プール。出前少女。シェヘラザード。食堂車。除夜。ト書き。おひるどき。影武者。

うかんむりのこども

吉田《よしだ》篤弘《あつひろ》

二〇一三年九月三十日　発行

発行者　佐藤隆信
発行所　株式会社新潮社
〒162-8711　東京都新宿区矢来町71
電話　編集部 03-3266-5411　読者係 03-3266-5111
http://www.shinchosha.co.jp

印刷所　株式会社精興社
製本所　大口製本印刷株式会社

乱丁・落丁本は、ご面倒ですが小社読者係宛お送り下さい。
送料小社負担にてお取替えいたします。
価格はカバーに表示してあります。

ISBN978-4-10-449103-2 C0095